지례의 추억

지례의 추억

발행 | 2018 년 12월 1일

지은이 | 권상진
펴낸이 | 신중현
펴낸곳 | 도서출판 학이사
    출판등록 : 제25100-2005-28호
    주소 : 대구광역시 달서구 문화회관11안길 22-1(장동)
    전화 : (053) 554~3431, 3432
    팩스 : (053) 554~3433
    홈페이지 : http : // www.학이사.kr
    이메일 : hes3431@naver.com

이 도서의 국립중앙도서관 출판예정도서목록(CIP)은 서지정보유통
지원시스템 홈페이지(http://seoji.nl.go.kr)와 국가자료공동목록시스
템(http://www.nl.go.kr/kolisnet)에서 이용하실 수 있습니다.(CIP제
어번호: CIP2018037860)

ISBN _ 979-11-5854-159-0   03810

권상진 산문집

지례의 추억

學而思 학이사

내가 이 글을 쓰겠다고 결심한 것은 고교 시절 한 여고 생과 함께 찾아갔던 김천시 지례면 산골 동네를 61년이라 는 긴 세월이 흐른 뒤 다시 다녀오면서부터다. 당시 고등 학교 1학년이던 나는 여름방학을 맞아 학급 친구의 고향 집을 방문하기 위해 태어나서 처음으로 대구의 집을 떠나 먼 길을 나섰다.

친구의 집은 경북 김천시 지례면 산골짜기에 있었고, 나 는 기차와 버스를 갈아타고, 포장도 되지 않은 길을 걷고 내를 건너 그의 집을 찾아가는 중이었다. 태어나서 처음 떠나는 먼 여행이었고, 친구가 사는 동네 이름 하나 말고 는 아는 것이 없었다. 게다가 마지막에는 구불구불하고 좁 은 산길을 따라 높은 산을 넘어가야 하는 길이었다.

물어물어 낯설고 먼 길을 가야 했던 내게 뜻밖의 동행이 생겼다. 장복순. 여고 3학년이던 그녀는 기차 안에서 나눈 짧은 인사를 인연으로 가파르고 깊은 산길, 날이 저물어 어두운 데다 언제 산짐승이 튀어나올지 모를 무서운 길을 나와 동행해주었다.

그 짧은 인연은 긴 세월이 흘렀지만 늘 내 가슴을 아리게 하는 애틋함으로 남아있다. 손을 잡아본 일도, 어설픈 고백을 한 적도, 내일을 약속한 적도 없었지만 나는 그녀를 잊지 못했다.

오랜 세월이 흘렀고, 그동안 나는 대학을 졸업하고, 취직을 하고, 결혼을 하고, 사업체를 일으키고, 우리 사회에 내가 공헌할 수 있는 일을 마다하지 않았다. 나는 부지런히 살았다. 아무 데나 함부로 퍼질러 앉아 쉬거나 곁눈질하지 않았다. 언제나 어디서나 최선을 다했고, 쓸모 있는 사회인, 존경받는 아버지와 남편이 되기 위해 노력했다. 그렇게 길고 힘겨운 세월이 흐르는 동안에도 그때 험한 산길을 동행해 주었던 그 사람을 잊은 적은 없었다. 그리고 마침내 백발의 노인이 되어 그녀와 함께 걸어갔던 길을 다시 한 번 가보리라 결심했다.

2018년 11월 권상진

차 례

책머리에 _ 4
저자의 말 _ 188

제1부 다시 지례를 찾으며

다시 지례를 찾으며 ·· 11
지례의 추억 ·· 25

제2부 석양을 바라보며

거울을 보면서 ·· 73
방심 ·· 81
봄날은 간다 ·· 88
산과 벗 ·· 97
석양을 바라보며 ·· 104
청소년은 우리의 미래다 ·· 112

권
상
진
산
문
집

시간 부자 ·· 117

우리 집 ·· 126

진정한 의사 ·· 132

폭염과 효도 ·· 137

흉터 ·· 143

제3부 **내 아내**

동행 ·· 153

뒷모습 ·· 160

내 아내 은희 ·· 168

제1부

다시 지례를 찾으며

다시
지례를 찾으며

고마운 사람에게는 찾아가서 고맙다 인사를 하면 되고,
보고 싶은 사람은 찾아서 만나보면 되는 일 아닌가.

다시
지례를 찾으며

 그 추억의 땅(경북 김천시 지례면)을 다시 밟은 것은 때 이른 여름 더위가 기승을 부리는 날이었다. 작년 이맘때 내가 쓴 글 〈지례의 추억〉이 매일신문 시니어 문학상에 당선되었다. 신문 지면에 작품이 게재되자 벗들이 '지례'라는 마을을 궁금해 하면서 다들 같이 한번 가보자는 말을 심심찮게 해오던 차였다. 굳이 가자고 나섰다면 그동안 수십 번도 더 가고도 남을 마을이었지만 왠지 발걸음이 떼어지지 않았다.

　세월의 부침에서 자유로운 사람, 자유로운 장소는 없다. 지레 역시 이미 예전의 모습은 사라지고 없을 것이다. 그래서 어쩌면 다시 내가 그곳을 찾는 순간 내 인생에서 가장 눈부시게 빛나던 순간이 그만 빛을 잃고 어둠 속에 묻혀버리는 게 아닐까 하는 생각이 들기도 했다. 자정을 알리는 종소리와 함께 번쩍이던 황금마차가 순식간에 호박이 되어 구르고 화려한 자태를 뽐내던 백마들은 쥐가 되어 뿔뿔이 흩어지는 동화 속의 마법처럼, 추억이라는 것도 어쩌면 시간이라는 마법이 빚어낸 기억의 신기루 같은 게 아닐까. 그래서 자칫 그 추억의 장소에 다시 발을 내딛는 순간 내 빛나던 추억은 물거품처럼 꺼져버리는 게 아닐까, 하고 나는 내심 불안해했는지도 모른다. 그러니 지레는 내게 함부로 밟을 수 없는 땅이었다.

　아침 일찍 대구에서 출발했다. 고교 동창인 사진작가 목로가 동행했고, 나를 아버지처럼 따르는 회사 임원이 운전을 해 주었다. 기억을 더듬어 옛 친구의 집이 있던 동네를 찾아낸 뒤 지례 면사무소 직원의 도움으로 주소를 알아냈다. 자동차 내비게이션에 주소를 입력하고 우리 일행은 자동차에 몸을 실었다.

홍안의 소년이 긴 세월이 흐른 후 백발 흩날리며 첫사랑을 만나러 가는 기분이 이럴까. 이미 몰라보게 변해버렸을지도 모를 그곳을 내가 알아볼 수나 있을까. 담담하면서도 일순 설레었다. 그곳에는 이미 나를 기억하는 사람은 없을 터이지만, 내 젊은 날 순정이 곳곳에 보석처럼 숨어 있을 지례는 여전히 내게 가슴이 설레는 곳이었다.

대구에서 출발한 자동차는 중부내륙고속도로를 내달렸다. 강산이 바뀌어도 몇 번이나 바뀌었을 세월이었다. 중부고속도로에서 내린 자동차는 33번 국도를 타고 율곡삼거리를 거쳐 동재에 닿았다. 잘 포장된 길이 친구의 고향마을까지 이어져 있었고, 예전처럼 어둠을 헤치며 산길을 오를 일은 없었다. 기차를 타고 내리고, 굽이굽이 먼 길을 걷고 걸어갔던 그 깊은 골짜기 오지 마을을 이렇게 수월하게 올 수 있다니. 밤이면 호랑이가 나타나 사람을 해친다는 험한 산중이 이처럼 전국 어디서나 볼 수 있는 평범한 산골 마을이라니. 나는 마치 꿈을 꾸다 깬 사람처럼 바깥 풍광을 낯설게 바라보았다. 그 옛날 지례에서 하천을 건너고 논밭을 지나고 계곡을 따라 끝없이 걷다가 험한 동재를 넘어야 닿을 수 있는 곳을 내비게이션의 안내와 자동차로 1시간 20분 만에 올 수 있었다. 그야말로 상전벽해가 따로 없었다.

동재에서 1킬로미터 쯤 더 가서야 고렴마을 팻말이 보였다. 마을 쪽으로 한참 들어가니 허술해 보이는 집들이 나타났다. 마을 안 밭에는 고추와 콩, 땅콩이 자라고 있었고 논에는 군데군데 모내기가 되어 있었다. 마을에는 15여 호 되는 집들이 두서없이 흩어져 있었는데, 사방을 둘러봐도 사람이라곤 보이지 않았다. 집집마다 문을 두드려도 반응이 없었다. 적요寂寥라는 말이 실감났다.
예전의 그날과는 모든 것이 달랐다. 친구의 마을이 기대고 있는 산은 그대로였지만 우리가 어두운 밤 굽이굽이 걸어 올라가야 했던 길은 숲에 묻혀 없었고, 무엇보다 내 곁에는 그때 함께 걸었던 그 소녀가 없었다. 그 긴 세월을 어디다 쓰고 나는 이제야 지례를 다시 찾아왔을까. 그 험한 세월이 흐르는 동안 한시도 잊은 적이 없었으면서 나는 어째서 그 소녀를 찾지 않았단 말인가.

내 기억 속에 또렷하게 남아 있는 규하네 집을 눈으로 더듬으며 찾았다. 그 웅장한 기와집은 어디에 있는가. 사방을 둘러보아도 그런 집을 찾을 수 없었다. 아무래도 동네를 잘못 찾은 것 같아 면사무소 직원과 다시 통화를 했다.

전화기 저편에서 면사무소 직원은 동재 너머에 마을이라고는 그 마을밖에 없다고 했다. 우리는 다시 10여 분을 마을 여기저기를 돌아다녔다. 마침 경로당처럼 보이는 건물이 있어 우리는 그 앞에 차를 세웠다. 아니나 다를까, 안에서 사람소리가 났다. 문을 열고 들어가 보니 할머니 두 분이 선풍기를 틀어놓고 TV를 보고 있었다. 반가워서 인사를 드리고 나서 나는 규하의 먼 친척뻘 되는 이의 이름

예전의 그날과는 모든 것이 달랐다.
친구의 마을이 기대고 있는 산은 그대로였지만
우리가 어두운 밤 굽이굽이 걸어 올라가야 했던 길은
숲에 묻혀 없었고, 무엇보다 내 곁에는
그때 함께 걸었던 그 소녀가 없었다.

을 들먹였다.

"할머니, 말씀 좀 묻겠는데요, 이곳에 문규종이라는 분이 사시나요?"

"그 사람은 우리 집안사람인데 무슨 일로 찾아요?"

그중에 연세가 많아 보이는 할머니가 말씀하셨다.

"예. 내가 옛날에 와 보았던 친구 집을 찾으려고요."

"그래, 그 친구가 누군교?"

그 할머니가 다시 물었다.

나는 잠시 머뭇거리다가 수십 년 전에 세상을 떠난 친구 이름을 말했다.

"친구 이름이 규하라고 하는데, 벌써 오래 전에…."

내 말이 끝나기도 전에 할머니가 눈을 번쩍 뜨며 큰 소리로 되물었다.

"뭐, 지금 뭐라 캤노? 규하라 캤나?"

그러면서 할머니는 방바닥에 손을 짚고 엉거주춤 일어서며 말씀하셨다.

"규하가 내 아들이네! 어디서 왔는가?"

주름진 할머니 얼굴이 놀람과 반가움으로 가득했다.

참으로 뜻밖의 해후였다. 친구는 떠난 지 수십 년 되었는데 친구 어머니는 여전히 살아계셨던 것이다. 백수에 가까운 연세에도 몸은 꼿꼿하고 말씀도 또랑또랑하셨다. 할머니는 자신이 열여덟 살에 규하를 낳았으니 지금 나이가 98세라고 하셨다. 그리고 내가 묻지도 않았는데 가족사까지 술술 풀어놓으셨다. 영감과 아들 먼저 보내고 딸이 하나 있는데 지례에 산다고 했고, 작고한 규하는 2남 2녀를 두었는데 둘째 아들이 아버지 대를 이어 교사시험에 합격했으며 지금은 제주교육청에 근무한다고 했다.

"그러면 어머니는 지금 누구와 함께 살고 계세요?"

"나 혼자 살지."

"어머니 그때 살던 기와집은 어디에 있어요?"

나는 무엇보다 그 집이 궁금하여 그렇게 물었다.

"이 경로당 뒤에 있네."

우리는 경로당에서 나와 규하 집으로 갔다. 그런데 이게 무슨 조화인가! 대문간에서부터 심한 혼란을 느꼈다. 내 기억 속 고래 등 같은 기와집은 어디로 가버렸는가. 대궐처럼 큰 기와집이 있던 자리에는 너무나 왜소하고 초라한 기와집이 덩그러니 놓여 있었다. 그 옛날 우리 일행이 앉아 밥을 먹었던 대청마루는 회색의 창틀로 죄다 가려져 있었는데 그래서 그런지 본채는 너무나 낯설었다. 좌우측의 사랑채들은 이미 헛간 용도로 쓰는 듯 폐허 직전에 있었고 담장 아래에는 군데군데 풀들이 무성했다. 그나마 예전의 강건한 뼈대를 간직하고 있는 본채는 쇠락의 기운을 조금이라도 늦춰보고자 안간힘으로 버티고 있는 듯했다.

친구의 어머니는 너무나 행복한 얼굴로 말씀을 이어갔다. 마치 당신 아들이 살아 돌아온 듯 반가워하시면서 내 손을 맞잡기도 했다. 아쉽게도 어머니는 내가 고등학교 1학년 때 규하의 초청으로 이 집에 왔던 사실을 기억하지는 못했다. 여학생 둘과 함께 왔다는 것도.

어머니는 주로 규하 이야기를 했다. 이곳이 집성촌이라 친척들이 살고 있어서 적적하지 않다고도 했다. 가까이 사는 딸도 자주 온다고 했다. 그러시더니 점심밥을 대접해야 하는데 하시면서 안절부절못하시는 것이었다.

"어머니, 61년 전, 규하가 고등학교에 다니던 때, 밤중에 여학생 둘과 함께 규하 집에 왔었는데, 밤 열 시가 넘은 시각이었는데도 토끼를 잡아서 저녁 대접을 해 주셨지요. 그뿐이겠습니까. 제가 열이 나고 아파서 누워있을 때 한약을 지어 오셔서 손수 달여 저를 간호해 주셨지요. 어머니, 늦었지만 다시 한 번 감사드립니다."

나는 일어서면서 어머니 손을 잡으며 그렇게 말했다.

자꾸 점심밥 걱정을 하셔서 우리는 더 지체할 수가 없었다. 나는 얼마 되지 않지만 용돈 하시라고 지갑에서 지폐를 꺼내 어머니 손에 쥐어드렸다. 규하 어머니가 살아계시는 것을 알았다면 빈손으로 찾아갔겠는가. 무언가라도 사거나 대접해 드리고 싶었지만 거기에는 상점도 식당도 없었다. 우리 일행이 탄 자동차가 동구를 벗어날 때까지 이미 세상에 없는 벗의 노모는 경로당 앞에 서서 우리를 지켜보고 계셨다.

우리는 자동차로 20여 분을 달려 지례면 소재지로 나와 점심을 먹었다. 식당 앞에는 큰 내가 흐르고 있었다. 폭이 90미터라니 내라기보다 강에 가까웠다. 지금은 큰 다리가 설치되어 있어서 차도 사람도 쉽게 건너고 있지만, 예전에 그녀와 짜장면을 먹고 나와서 함께 건넜던 그 내가 틀림없었다. 그러나 세월은 잠깐이었다. 지나고 보니 눈 깜짝 할 새에 열일곱에서 팔순으로 건너와 버린 느낌이었다. 강가에 앉아 흐르는 강물을 하염없이 바라보고 있자니 홍난파의 '옛 동산에 올라' 가 떠올라 나도 모르게 흥얼거렸다.

내 놀던 옛 동산에

오늘 와 다시 서니

산천의구란 말

옛 시인의 허사로고

에 섰던 그 큰 소나무

버혀지고 없구료

지팡이 도루 짚고

산기슭 돌아서니
어느 해 풍우엔지
사태져 무너지고
그 흙에 새 솔이 나서
키를 재려 하는구료

　눈앞의 강물 위로 그녀의 얼굴이 어른거리며 흘러가고
있었다. 복스럽고 하얀 얼굴이 유난히 귀여웠던 갈래머리
여학생. 초행인 나를 걱정해서 그 험한 산길과 고개를 함
께 넘고 넘어 왔던 그녀. 계곡물을 두 손으로 떠서 내게 등
목을 해 주던, 대구역 앞에서 예쁜 원피스를 입고 나를 기
다려주던 소녀. 나는 어찌하여 긴 세월을 흘려보내고 이
제야 이곳에 다시와 이렇게 서 있는가. 그녀와 함께 했던
그 짧은 추억은 어째서 조금도 흐릿해지거나 흩어지지 않
는가.
　세월은 강철을 녹이고 남는다고들 하더니 그 말이 꼭 사
실은 아닌 모양이다. 61년 세월이 흘렀고, 소년은 청년과

장년을 지나 어느새 흰머리를 인 노인이 되었지만 그때 우리가 함께 만든 추억에는 망각의 주름 한 줄 그어지지 않았다. 마치 원초적 기억처럼, 그 소녀는 내 가슴속 가장 깊고 순수한 곳에 언제나 고맙고 고운 사람으로 각인되어 있었다. 그러니 이승에서 다시는 그녀를 만나지 못한다 해도 나는 그것이 그리 애석하지가 않다.

집으로 돌아오는 차 안에서 전화 한 통을 받았다. H여고 총동창회장 S여사였다. 신문에 난 글을 읽고 내 첫사랑 그녀를 찾아주겠다고 나선 고마운 사람이었다. S여사는 그녀의 한 해 후배 되는 사람이 교동시장에서 양장점을 한다고, 어쩌면 그 사람한테서 그녀 소식을 알 수 있을지도 모른다고 했다. 옆자리에 앉은 친구는 그 소식을 듣더니 내게 "축하할 일이 곧 생길 것 같다."고 덕담을 했다.

나는 허허롭게 웃으며 친구에게 이렇게 말해주었다.

"만나지 못해도 괜찮아. 어디서든 건강하게 살아주셨으면 좋겠어. 그것만으로도 나는 좋다네."

그랬다. 이쯤 살아보니 저절로 알겠다. 좋아한다고 꼭 만나야 할 필요는 없다는 것을. 잊지 못했다고 꼭 찾아야 하는 것도 아닐 것이다.

차창 밖 먼 남쪽 하늘에서 먹구름이 빠르게 일어나고 있었다. 어디선가 소나기가 오려는가 보다. 그러고 보니 곧 장마철이다. 나는 문득 이번 장마철에는 서재에 앉아 책을 써야지, 하는 생각을 했다. 지루한 빗소리도 올해는 왠지 푸근하고 정겨울 것 같았다.

지례의
추억

    늙으면 잠이 짧아진다더니 근래에 내가 그러하다. 초저녁에 잠이 들면 보통 새벽녘에 눈이 떠지고 만다. 시계를 보면 새벽 서너 시 어름이다. 눈을 감고 누운 채 자리에서 뒤척이다 보면 옅은 잠이 슬쩍 지나가기도 하지만 어떤 날은 잠이 달아나고 만다. 그럴 때는 어김없이 이런저런 생각들이 떠오른다. 맑은 하늘에 구름이 몰려오듯 생각이라는 놈은 지치지도 않고 머릿속을 비집고 들어온다. 대부분은 지나간 일들이고 과거의 얼굴들이다. 특히 요즘 자주 떠오르는 얼굴이 있다. 젊은 시절, 바쁘게 사느라 까맣게 잊고 지냈는데, 요새는 자꾸만 그녀의 얼굴이 어른거린다. 하얀 이를 드러내며 환하게 미소 짓던 얼굴이….

내 생애 두 번 다시 오지 않을 참으로 순수했던 시절이었다. 그녀를 만나지 않았더라면, 나는 아마도 그 시절이 내 생애 가장 순수하고 아름다운 날들이었다는 사실조차 몰랐을 것이다.

새벽에 잠에서 깨어 창문을 열면, 아스라한 청춘의 기억들이 청쾌한 수박 향기처럼 다가온다.

그녀를 만났던 때는 1957년 여름이었다. 고등학교 1학년이었던 나는 여름방학을 맞아 김천에 사는 친구 집에 놀러가게 되었다. 그야말로 나 혼자서 생전 처음으로 해보는 기차 여행이었다. 같은 반 친구였던 규하가 나를 자기 집으로 초대한 것이다. 규하는 김천 지례가 고향인데, 대구에 유학을 와서 하숙을 하고 있었다. 그는 자주 자기 마을

이야기를 했고, 그럴 때마다 재밌게 들어주는 내게 여름방학 때 꼭 자기 집에 놀러오라고 하였다. 지례에 와서 동재를 넘어 오면 마을이 나타나는데, 거기에서 가장 큰 기와집이 자기 집이라고 했다. 나는 그러마고 약속했다. 나는 규하가 말하던 시골 마을을 즐겁게 상상했고 그곳에 직접 가보고 싶었다.

방학을 시작하고 며칠이 지난 후, 나는 마침내 큰 가방에 책과 옷가지를 넣어 일주일 정도 친구 집에서 묵을 예정으로 아침 일찍 길을 나섰다. 대구역에서 기차표를 끊고 마침내 기차에 올라타게 되었을 때, 낯선 세계와 새로운 여정에 대한 기대와 설렘으로 가슴마저 두근거렸다. 의외로 기차 안은 한산했고, 반쯤은 자리가 비어 있었다.

나는 객차 중간쯤에 가서 앉았다. 부드러운 녹색 의자는 푹신하고 안락했다. 멍하게 창밖을 내다보던 내가 책이라도 꺼내 보려고 가방을 열었을 때였다.

"저기요."

고개를 들어보니 웬 여고생 두 명과 열 살쯤 된 사내아이 하나가 내 앞에 서 있었다. 그들은 어쩐지 초조한 얼굴이었다. 뛰어왔는지 숨도 차 보였다. 여학생 중 하나가 망설이는 기색도 없이 내게 대뜸 말을 건넸다.

"학생, 미안한데요. 저 뒤쪽에 선생님들이 머리 검사하고 있으니 함께 가족 여행하는 것처럼, 합석하면 안 될까요?"

"예, 좋습니다."

나는 얼떨결에 그렇게 대답했다. 그러자 그들 세 사람은 내 맞은편 좌석에 얼른 앉았다. 교복의 배지를 보니 H여고 학생들이었다. 여학생들은 자리에 앉자마자 재빠르게 교복 윗주머니 덮개에 달린 배지를 포켓에 말아 넣었다. 그리고 앞머리를 최대한 늘어뜨리기 위해 두 손으로 머리를 자꾸만 당기며 매만졌다. 그녀들의 머리는 그 무렵 유행하던 오드리 햅번 스타일로 짧게 커트되어 있었다. 그즈음에 '로마의 휴일'이라는 영화가 극장가를 휩쓸고 있었고 대구에도 이미 '햅번 스타일'이라는 머리 모양이 대유행일 때였다. 이 여학생들도 멋 부린다고 그런 머리 모양을 하는 바람에 사회지도 교사의 눈을 피하느라 내 자리까지 온 모양이었다. 머리며 옷매무새를 황급히 가다듬은 여학생 하나가 뒤쪽을 힐끗 뒤돌아보면서 내게 이렇게 말했다.

"저어기 저 뒤 칸에 사회지도 교사 같은 사람들이 있어요."

나는 일어나 두리번거리면서 그쪽을 살펴보았다. 그러고 보니 열차 앞 칸에 사회지도 교사처럼 보이는 중년 남자 두 사람이 객실의 좌우를 살피면서 천천히 우리가 있는 객실 쪽으로 걸어오고 있는 것이 보였다. 요새 학생들은 이해 못할 일이겠지만, 당시에는 그런 단속이 당연시 되던 시절이었다. 풍기단속이라는 명분으로 학생들은 머리 모양과 길이를 엄격하게 규제 받았다. 머리카락이 길거나 짧아도 안 되고 교복 치마가 짧아도 안 되는 때였다.

"이쪽으로 오고 있어요."

나는 중년 남자들이 출입문을 열고 우리가 탄 객실로 들어섰음을 알려주었다. 내 맞은편에 앉은 그녀들은 바짝 긴장했다. 그때 그 중 키가 큰 여학생이 기지를 발휘했다. 그녀는 중간에 끼어 앉아 있는 아이에게 이것저것 말을 시키는 거였다. 일부러 큰소리로 고모는 이렇게 생각하는데 말이야 어쩌고 하면서. 누가 들어도 가족임을 알게 하려는 의도가 분명한 대화를 그렇게 이끌어내었다. 다른 여학생 하나는 얼굴이 희고 귀여웠는데, 웃으면서 "맞아. 니 고모 말이 맞는 것 같다, 호호호." 하면서 맞장구까지 쳤다.

　나는 그들의 임기응변에 놀라면서도 내심 덩달아 긴장이 되었다. 나도 손에 책을 펴든 채 여학생들과 호응하며 함께 웃었다. 그들이 점점 다가왔다. 두 사람은 좌우로 살피면서 천천히 걸어오고 있었다. 한 발 한 발 그들이 다가왔고, 우리들의 신경은 온통 거기에 모아져 있었다. 마침내 숨 막히는 순간이 다가왔다. 다행히 어린아이가 끼어 있어서인지 그들은 우리 곁을 그냥 지나쳤다. 그들이 점점 멀어져 다음 칸으로 건너가자, 여학생들은 그제야 안도의 숨을 쉬었다.

　"후유~, 큰일 날 뻔했네."

　"심장이 터지는 줄 알았다야."

"그나저나 개학 때까진 머리가 다 자라겠지?"

그녀들은 잠시 그렇게 조잘조잘 즐겁게 떠들더니 이윽고 맞은편 나를 향해서 정중하게 인사를 하는 거였다.

"고마워요. 덕분에 무사히 넘겼네요."

"이제 보니 대구상고 학생이네요."

어린 조카아이를 데리고 온 키 큰 여학생이 내 교복 배지를 보면서 말했다. 키가 작고 귀여운 여학생이 내게 물었다.

"어디까지 가시지요?"

"김천에서 내려 지례까지 갑니다."

"어머, 그래요? 나도 지례에 사는 고모 집에 친구와 놀러 가는 길이에요. 그런데 지례는 무슨 일로?"

"친구를 만나러 갑니다. 그런데 초행길이라 집을 찾을 수 있을지 모르겠습니다."

"잘 되었네요. 내가 그쪽 지리를 잘 아니까 걱정하지 마세요."

그 귀여운 여학생은 그렇게 말하면서 환하게 웃었다.

사실 태어나서 처음 혼자 먼 길을 나섰던 나는 낯선 시골길을 어떻게 찾아가나 싶어 걱정을 했는데, 그 여학생이 그쪽 지리를 잘 알고 있고, 더구나 걱정하지 말라고 하니 한결 마음이 놓였다. 이윽고 우리는 통성명을 했다. 키 큰 여학생부터 자기 이름을 말했다. 그러나 지금 그녀의 이름은 아무리 생각해도 기억이 나지 않는다. 다만 그녀의 조카아이라는 조그마한 사내아이의 통통하고 귀여운 얼굴은 지금도 어렴풋이 떠오른다.

　키 작고 귀여운 여학생이 자기 이름을 말했다.

　"장복순이라고 합니다."

　그 여학생은 눈이 크고 맑았으며 피부가 백옥 같았다. 그들은 3학년이라고 했다. 나보다 두 학년이 높았다. 나로서는 처음으로 여학생들과 마주앉은 상황이 쑥스럽고 부끄러웠지만 그들이 나보다 두 학년이나 위라고 생각하니 한편으로 편안한 마음도 들었다.

　키만 멀쑥하게 컸지 숫기라곤 없던 나는 여학생과 마주앉은 것도, 낯선 여학생과 이야기를 나눠본 것도 그때가 처음이었다. 그녀들은 무슨 할 이야기가 그렇게나 많던지 조잘조잘 쉴 새 없이 이야기를 나누었다. 나는 그들의 이야기를 듣는 것만으로도 즐거웠다. 기차는 어느새 김천역에 도착했고, 우리는 지례까지 가는 버스도 함께 타고 갔다.

"고마워서 그러는데, 같이 가서 점심 함께 먹어요."

버스에서 내리자 장복순이라는 여학생이 그렇게 말했다. 아닌 게 아니라 막상 그렇게 헤어지는 게 아쉬웠던 나는 흔쾌히 그녀들을 따라갔다. 정류장 근처의 중국집이었는데 의외로 조용하고 깨끗했다. 분명 손으로 빚었을 짜장면도 맛있었다. 우리는 그새 많이 가까워져 식사 중에 서로의 학교 이야기, 영화 '로마의 휴일' 이야기, 친구들 이야기 등을 스스럼없이 나누었다.

"친구 집에는 며칠 묵을 건가요?"

"일주일 예정하고 갑니다. 그쪽은요?"

"우린 이틀 정도 있을 예정입니다."

장복순 여학생이 그렇게 말했을 때 나는 약간 아쉬움을

느꼈다. 일주일 후 대구 가는 기차도 같이 타고 갔으면 좋을 텐데, 하는 마음이 들어서였다.

헤어질 시간이 다가오자 나는 주머니에서 친구 집 주소를 적어놓은 쪽지를 꺼내 그녀들 앞에 내놓았다.

"이게 그 친구 집 주소거든요. 어떻게 가면 되지요?"

쪽지를 들여다보던 장복순이 눈을 동그랗게 뜨면서 이렇게 말했다.

"어, 고렴마을이라고요?"

"예, 그렇게 적힌 대로 그 마을일 겁니다만, 왜요?"

나는 그녀가 놀라는 게 의아해서 물었다.

"거기에 가려면 지금 여기서 시오리 산길을 넘어가야 하는데 산이 얼마나 험한지 몰라요. 가는 길에 민가도 없고, 여기서 오 리 정도 가면 민가가 두 채 나오는데, 그 중에 한 채는 우리 고모부의 친척 집입니다. 몇 번 가본 적이 있긴 한데, 어쨌든 지금 혼자서 거기 간다는 건 무리인 것 같네요."

"그래도 가야지요."

나는 산 고개가 험해봤자 내 든든한 다리로 몇 시간만 부지런히 걸으면 넘게 될 것이라고 생각했고, 그래서 해지기 전에는 친구 집에 도착할 것이라고 믿었다. 그러자 장복순이 말했다.

"그런데 그 친구는 어떻게 마중도 안 나오는지 모르겠네요. 그 험한 곳에 친구를 초대해놓고."

장복순은 진정 내가 걱정스러운지 내 친구인 규하를 나무라기까지 하는 것이었다. 나는 얼른 친구를 변명했다.

"그 친구는 내가 오늘 간다는 건 모를 거예요. 방학 때 아무 때나 오라고 했거든요."

요즘은 집집마다 전화가 개통돼 있지만 당시에는 전화가 없었다. 편지라도 보내 내가 언제쯤 방문할 것이라고 알렸으면 좋았겠지만, 당시 나로서는 그런 데까지 생각이 미치지 못했다.

장복순에게 동재를 넘어가는 길을 자세히 전해 듣고 식당에서 일어났을 때는 시간은 이미 오후 2시를 넘어서고 있었다.

"점심 잘 먹었습니다. 또 만나는 기회가 있었으면 좋겠습니다. 친구 집 가는 길을 가르쳐 주어서 정말 고마워요."

왠지 아쉬웠지만 나는 그들과 손을 흔들며 그렇게 헤어질 수밖에 없었다. 지체할 시간이 없기도 했다.

신작로를 한 오 분 가량 걸었을까, 이윽고 왼편으로 난 황톳길로 접어들자 얼마 지나지 않아 그녀가 말한 대로 넓은 하천이 나타났다. 하천변에는 고운 모래가 햇빛에 반짝이고 있었다. 하천 가운데는 거의 허벅지까지 물이 차오를 만큼 깊이도 만만찮았다. 나는 바지를 한껏 걷어 올리고 무거운 가방을 머리에 이고 천천히 건넜다. 그리고는 하천 둑길을 따라 한참을 걸어가니 오른쪽으로 나지막한 야산이 나타났다. 그런데 그 산을 돌자마자 갑자기 다른 세상이 펼쳐지고 있었다. 그곳은 내가 그때까지 한 번도 본 적 없었던 그야말로 별천지였다.

도시에서 태어나 도시에서만 자랐던 나는 산과 강과 들, 그리고 길과 계곡이 한데 어우러진, 생생한 대자연과 처음으로 마주친 것이었다. 그곳은 정말 눈이 번쩍 뜨일 만큼 신선한 풍광이었다. 공기조차 달콤하고 싱그러웠다. 나는 그 경이로운 풍광에 도취해서 여기저기 두리번거리면서 천천히 걸었다. 구불구불한 계곡에서 흘러내리는 물은 면 경처럼 맑았고, 계곡 군데군데에는 바위들이 그곳을 지키는 파수꾼처럼 도열해 있었다. 산기슭의 넓은 밭에는 수박이 주렁주렁 매달려 있었고, 그 사이로 난 누런 흙길은 부드러운 곡선으로 끝없이 이어져 있었다. 마치 그림 속의 한 풍경을 보는 것 같았다. 내가 그림 속을 꿈꾸듯이 걷고 있다는 착각이 들 정도였다. 그렇게 얼마쯤 걸었을까, 뒤에서 누군가가 부르는 소리가 들려왔다.

"학생, 학생!"

돌아보니 저 멀리서 아까 헤어진 그 여학생들이 뒤따라오고 있었다. 나는 반갑고 놀라워서 발길을 멈추고 그녀들을 기다렸다.

"어떻게 된 일이에요?"

숨을 헐떡이며 따라온 그녀들에게 내가 먼저 물었다.

"학생 혼자 걸어가는 뒷모습이 딱하고 걱정이 되어서 따라왔어요. 초행길이라 힘들 것 같아서 길 안내 해주려고요."

어리둥절해 있는 나에게 장복순이 희고 가지런한 이를 드러내고 웃으며 말했다.

"이렇게 만난 것도 인연인데, 학생이 중간에 길을 잃고 헤매기라도 할까 봐서요. 우리가 누나잖아요."

키 큰 여학생도 그렇게 말했다.

"정말 고맙습니다."

진심으로 기쁘고 고마웠다. 안 그래도 어떻게 길을 잘 찾을 수 있을까 내심 걱정을 했는데, 그런 근심이 금세 눈 녹듯이 사라지는 것이었다.

"이 길은 인적이 드물어 산짐승이 자주 나타나거든요. 우선 중간 지점인 우리 고모부의 친척 집까지라도 바래주고 갈게요."

장복순이 그렇게 말했다. 내 발걸음은 더 경쾌하고 즐거워졌다. 우리는 모처럼 고삐 풀린 망아지 같았다. 맘껏 떠들고 웃으면서 춤추듯이 걸었다. 길가의 풀꽃을 꺾어서 계곡물에 배처럼 띄우기도 했다. 키 큰 여학생의 조카아이도 좋은지 마냥 퐁퐁 뛰면서 헤헤거렸다. 나를 바래다주겠다면서 빠른 걸음으로 쫓아 온 탓인지 그녀들의 얼굴은 땀으로 번들거리고 있었다. 햅번 스타일 앞머리도 땀으로 이마에 착 달라붙어 있었다. 시원한 계곡 옆을 지날 때 키 큰 여학생이 걸음을 멈추더니 장복순에게 말했다.

"안 되겠다. 우리 여기서 등물이라도 좀 하고 가자."

금방 의기투합된 그녀들은 아이를 데리고 계곡으로 내려갔다. 내겐 '저기 나무 뒤에 가서 쉬라'고 하고서 말이다. 얼마 후 떠들썩한 소리가 들려왔다. 자기들끼리 등물을 하면서 시원하다고 웃고 떠드는 소리였다. 나는 그 소리를 들으며 나무 그늘에 앉아서 혹시 누가 이쪽으로 오는 게 아닌가 하고 살피고 있었다. 그때 까르르 하는 그녀들의 웃음소리에 나도 모르게 그쪽으로 고개를 돌렸더니 하얀 살결이 나뭇가지 사이로 보였다. 나는 얼른 눈길을 돌렸다. 심장이 이유 없이 쿵쿵거렸다. 잠시 후 물기가 묻은

머리카락을 쓸어내리면서 그녀들이 왔다. 키 큰 여학생이 내게 말했다.

"학생, 학생도 더운데 등물을 하고 갑시다. 물이 참 시원해요."

갑작스런 제안에 나는 얼굴이 확 달아올랐다. 이어서 장복순도 나를 재촉했다.

"그래요. 땀을 많이 흘렸을 테니, 가서 등물 좀 해요."

할 말을 제대로 찾지 못한 나는 엉거주춤 일어서서 그녀들을 따라서 계곡으로 내려갔다. 웃통을 벗고 흐르는 얕은 물에 손을 짚고 엎드렸다. 장복순. 그녀가 두 손을 모아 물을 가득 퍼서 내 등에다 부었다. 시원한 물이 등허리에서 흘러내렸다. 짜릿함이 온몸에 퍼졌다. 그런데 몇 번 물을 부어주던 그녀가 이번에는 두 손으로 내 등을 부드럽게 미는 것이었다. 내 심장이 다시 세차게 방망이질을 시작했다. 쿵쿵. 쿵쿵. 쿵쿵.

난생 처음으로 느껴보는 이성의 손길이었다. 정신이 몽롱해지면서 아찔했다. 정말 꿈을 꾸는 것 같았다.

시원하게 등물까지 한 우리들은 다시 부지런히 길을 걸었다. 목이 말랐던 나는 자꾸만 밭의 수박을 보고 침을 삼켰다. 수박을 보니 더 갈증이 났다. 이심전심이었던지, 그때 두 여학생 중 누군가가 '아 수박 먹고 싶다. 우리 수박 하나 서리할까' 라고 말했다. 산기슭에 펼쳐진 비탈밭에는 한 아름이나 되는 수박들이 뜨거운 햇볕에 달콤한 수박 향을 내뿜고 있었다.

"그렇지만 어떻게 남의 수박을 허락도 없이 먹습니까?"

나는 주인 없는 밭에 들어가 수박을 훔쳐 먹자는 소리에 놀라 말했다.

"시골에서는 그런 것을 도둑질이라고 하지 않고 '서리' 라고 해요. 한두 개 따먹는 건 눈감아주지요. 수박 서리, 참외 서리, 닭서리, 고구마 서리… 호호호."

장복순이 방글방글 웃으면서 말하는 사이 키 큰 여학생은 이미 수박밭으로 들어서고 있었다. 나는 어디선가 주인이 나타나서 금방 불호령을 내릴 것 같은 불안감에 주위를 두리번거렸다. 다행히 주위에 사람이라곤 우리 일행뿐이었다. 짙은 녹색 잎으로 뒤덮인 수박밭 위에는 여름 하오의 강렬한 햇빛이 눈부시게 일렁이고 있었다. 어느새 키 큰 여학생이 수박 한 통을 따서 넓은 치맛자락에 숨겨 나왔다. 우리는 공범자가 되어 가슴을 두근거리며 얼른 계곡으로 숨어들었다.

우리는 햇볕에 달궈진 수박을 찬 계곡물에 담가 두고 수박이 차가워지기를 기다렸다. 얼마쯤 지났을까. 도저히 갈증을 견딜 수 없었던 우리는 돌멩이로 수박을 깨트려 맛있게 나눠 먹었다. 식지 않아 미지근했지만 알맞게 익은 붉은 과육에서 단물이 줄줄 흘렀다. 우리는 배가 불렀고 즐거웠다. 하지만 남의 것을 훔쳐 먹은 과보는 금방 되받고야 말았다.

얼마 못가서 우리는 모두 설사를 만났다. 배에서 천둥소리가 나고 설사가 좔좔 쏟아졌다. 우리는 번갈아가며 숲속에 들어가 몇 번씩이나 변을 보았다. 함께 저지르고 함께 겪고 있어서인지 우리는 부끄러움도 잊어버리고 번갈아 배를 움켜쥐고 뛰어가면서도 하하 호호 깔깔거렸다.

그녀들은 나를 자기들보다 어린 1학년이라 베이비라고 놀리며 어린애 취급을 하기도 했다. 그래도 나는 언짢지 않았다. 도리어 내게 주어진 이 신선하고 달콤한 시간이 너무나 좋아서 이 시간이 좀 더 길었으면 하는 마음마저 들었다. 그때까지의 내 인생에서 그렇게 즐겁고 행복한 시간은 처음이었던 것이다. 장복순도 말했다.

"학생 덕분에 고3 마지막 여름방학을 의미 있게 보내게 되었네요."

그렇게 말하는 그녀도 나와 비슷한 마음일 거라고 생각하니 왠지 기분이 더 좋았다.

오후 4시경, 드디어 우리는 그녀 고모부의 친척 집에 도착했다. 오십대 중반의 아저씨가 장복순을 알아보고 반겨주었다. 그는 부엌에서 삶은 감자를 바가지에 한가득 내와서 우리 앞에 내놓았다. 먼 길을 걸어왔고, 더구나 도중에 설사를 만나 진을 뺀 우리는 감자를 맛있게 먹었다. 아저씨가 내게 물었다.

"학생은 이 깊은 오지에 누구를 만나러 가는 길이냐?"

"고렴마을에 문규라는 친구 집에 가는 길입니다."

"뭐, 고렴마을이라고? 거길 가려면 동재를 넘어 가야하는데 이미 시간이 늦었어."

아저씨가 고개를 절레절레 저었다.

"아닙니다. 가야합니다."

나는 얼른 그렇게 말했다.

"저 동재를 다 넘으려면 해가 빠지고 어두워지고 말아. 길을 잃고 만다고. 여기서 자고 내일 아침 일찍 가라니까."

아저씨는 정색을 하시면서 나를 말렸다. 이 산은 험준하고 높을 뿐 아니라 밤에 호랑이 같은 산짐승도 더러 나온다고 했다. 걱정스런 표정으로 그녀들도 말렸다. 이런 위험한 길을 가다가 길을 잃을 수도 있으니 내일 아침에 일찍 가는 게 좋겠다고 했다. 하지만 나는 어서 길을 나서고 싶었다. 솔직히 말하면, 그곳에서 도저히 잠을 잘 수가 없을 것 같아서였다. 비록 허름한 오두막이라 해도 하룻밤 정도 묵을 수는 있었지만, 아저씨가 사는 방에는 삿자리가 깔려 있었는데 개미들이 어지럽게 기어 다녔고, 바닥은 모래 같은 것이 퍼석퍼석 일어났다. 이런 집에서 잠을 잔다는 건 상상할 수 없는 일이었다. 나는 아저씨에게 말씀은 고맙지만 친구가 기다릴 것이라고 말하고는 가방을 들고 얼른 일어섰다. 벌써 시계가 5시를 가리키고 있었다. 단호한 내 행동에 그녀들도 아쉬운 표정이었지만 더 말리지는 않았다. 우리는 그곳에서 또다시 아쉬운 작별인사를 하고는 헤어졌다.

해가 지기 전에 산을 넘기 위해 발걸음을 재촉했다. 얼마 지나지 않아 산 초입에 도착했다. 정말 그 아저씨 말대로 산은 웅장하고 높았다. 마치 뱀이 똬리를 틀듯이 좁다란 산길이 뱅글뱅글 돌아가면서 끝도 없이 위로 올라가는 형국이었다. 아무리 올라가도 겨우 몇 미터 올라온 것 같았다. 무엇보다 책이 들어있는 무거운 가방이 문제였다. 대체 친구 집에 놀러가면서 무슨 책을 이렇게 많이 가져왔단 말인가. 내 어리석음을 수없이 후회하면서 던져버리고 싶은 가방을 손에 들었다가 어깨에 짊어졌다가 하면서 헉헉거렸다.

인적이 없는 숲은 나무와 풀이 우거져 짙은 그늘이 져 있었다. 간혹 숲속에서 뭔가가 부스럭거리는 소리가 났다. 그때마다 등골이 오싹해졌다. 아저씨 말대로 호랑이라도 나오면 어쩌나 하는 두려움에 가슴이 조여들기도 했다. 숨을 헐떡이며 걷고 있는데, 어디선가 나를 부르는 소리가 희미하게 들려왔다.

"학생~ 학생~."

가만히 귀를 기울여 들어보니 그 여학생들의 목소리가 틀림없었다.

나는 반갑고 기뻐서 얼른 소리 나는 쪽을 향해 "예, 여기 있어요~."라고 큰 소리로 대답해주었다. 얼마쯤 기다리자 바로 아래의 모퉁이 길로 그녀들이 숨을 쌔근대면서 아이와 함께 올라오는 게 보였다. 그처럼 반갑고 기쁠 수가 없었다. 가까이 다가온 장복순이 말했다.

"아무리 생각해도 혼자 보내는 게 마음이 안 놓여서요. 호랑이가 나타나도 혼자보다는 여럿이 낫겠지요? 호호 호."

고마워서 눈물이 날 뻔했다. 우연하게 기차에서 잠시 만난 사람일 뿐인데 이토록 나를 걱정해주고 도와주다니! 더구나 어린아이까지 데리고 있는 연약한 여학생들이 동생도 일가친척도 아닌 나와 동행해주기 위해 이 험한 산길까지 따라와 주다니! 지금 생각해도 누구나 할 수 있는 일이 아니었다. 나는 천군만마를 얻은 것 같아 기운이 솟았다. 우리는 마치 오랫동안 알고 지내던 친구들처럼 함께 앞서거니 뒤서거니 하면서 산길을 올랐다. 그녀들은 내가 가방 때문에 힘들어하고 있다는 걸 아는지 숲속에서 나무 막대를 가져오더니 내 가방 손잡이에 꿰어 두 여학생이 나란히 들어주었다.

처음 만난 나에게 이토록 큰 친절을 베풀어주는 그녀들에게 이제는 고맙다는 말조차 할 수 없을 만큼 내 가슴은 감사함으로 벅차올랐다. 나는 가방 대신 어린아이의 손을 잡고 그녀들의 뒤를 따랐다. 산길은 오르고 또 오르고, 돌고 또 돌아도 끝이 보이지 않았다.

그 친척 아저씨가 들려준 동(똥)재의 전설이 실감났다.

옛날 현감을 태운 가마가 이 높은 재를 넘을 때 가마꾼들이 너무나 힘이 들어 똥을 쌀 정도였다 한다. 그래서 가마꾼들 사이에 똥재라고 불렸다는 것이다. 정말 이렇게 힘든 산이라면 누구라도 큰 볼일을 볼 수밖에 없었을 거라고 우리는 서로 쳐다보며 웃었다.

얼마쯤 갔을까, 산마루에 거의 다 왔다 싶었는데 해가 뉘엿뉘엿 지고 있었다. 우리는 서둘렀다. 하지만 산중의 어둠은 생각보다 빨리 들이닥쳤다. 얼마 못 가서 우리는 깜깜한 숲에서 길을 잃고 말았다. 초행길이라 어디로 길이 나 있는지 전혀 알 수 없었던 우리는 서로의 손을 잡고 한 발 한 발 조심하여 길처럼 보이는 곳을 디디면서 걸었다. 맞잡은 손이 땀으로 축축해졌다. 눈 뜬 장님이 따로 없었다. 우리는 넘어지고 엎어지면서 소걸음 걷듯이 천천히 걸었다. 칠흑 같은 어둠 속에서 어디가 어딘지 분간이 가지 않았다. 그야말로 악전고투의 행군이었다. 초조하고 막막했지만 그래도 내가 남자인데 싶어 나는 걱정하지 말라고, 천천히 길을 찾으면 될 것이라고 그들을 안심시키면서 앞장을 섰다. 그러다가 우리는 혹시 저 아래 마을에서 사람들이 들을 수 있으려나 싶어 소리를 지르기 시작했다.

"여보세요~, 여보세요~."

얼마동안 소리를 지르며 길을 헤매고 있는데, 산 아래쪽에서 "거, 누구요?" 하는 남자 소리가 들려왔다. 우리는 그 소리를 듣자마자 살았다, 하는 감격에 서로의 손을 부여잡고 기뻐했다. 알고 보니 친구 동네에 사는 사람이었다.

우리는 그를 따라서 무사히 산 아래 마을로 내려왔다.

친구네 집에 도착하자 규하가 깜짝 놀라면서 방에서 뛰어나왔다. 그것도 두 여학생과 어린아이까지 동행하여 동재를 넘어 이 밤중에 나타났으니 놀라지 않을 수 없었을 것이다. 조그마한 동네에서 소란이 일어나자 동네 사람들도 하나둘씩 규하네 집으로 모여들었다. 늦은 밤에 남의 집을 방문한 죄송함도 잠시, 무사히 도착했다는 안도감에 너무나 기뻤다.

규하 부모님도 반갑게 맞아주셨다.

"안녕하세요? 규하 친구 권상진이라 합니다. 오다가 길을 잃어버려서 늦었습니다."

"어서 오너라. 여기까지 오느라 고생했구나. 들어가자."

규하도 놀란 얼굴로 말했다.

"니가 이렇게 올 줄은 몰랐다."

그는 방학 때 자기 집에 놀러오라고 초청은 했지만 막상 내가 이렇게 빨리 올 줄을 몰랐던 모양이었다. 나는 그저 무사히 친구를 만났다는 것이 고마울 뿐이었다.

"내 친구를 잘 안내해줘서 고맙습니다. 큰일 날 뻔했는 데 무사히 잘 도착해서 다행입니다."

규하가 여학생들에게 연신 고개를 숙이며 정중하게 인 사를 했다.

친구의 부모님은 토끼를 잡아서 우리를 대접해 주셨다. 아들의 친구가 놀러 왔을 뿐인데 그렇게 극진한 대접을 해 주니 그저 황송할 따름이었다. 늦은 저녁밥이었고, 밤 10 시가 넘은 시각이었다.

친구의 집은 안채와 사랑채, 그리고 바깥채까지 있는 큰 집이었다. 안채의 넓은 마당 한쪽에는 아담한 정원이 있었는데 빨간 석류꽃이 불빛을 받아 초롱처럼 빛나고 있었다. 대청마루에서 밥을 먹고 난 뒤 무심코 밤하늘을 올려다보던 나는 나도 모르게 탄성을 질렀다.

"우와, 저거 좀 봐라."

그러자 규하와 여학생들도 내가 가리킨 하늘을 바라보았다. 하늘에는 한가득 보석들이 빛나고 있었다. 누군가 하늘에다 눈부신 금가루를 흩뿌린 것 같기도 했다. 마치 쏟아질 듯 반짝거리며 촘촘히 박혀 있는 무수한 별들을 보면서 그녀들도 신기해했다. 하늘에 어찌 저렇게 많은 별이 있었더란 말인가! 나는 마치 한 번도 밤하늘을 본 적 없는 사람처럼 입을 다물지 못한 채 찬란한 하늘을 쳐다보았다.

"북두칠성이 어딨더라?"

크고 작은 무수한 별들 속에서 장복순은 북두칠성을 찾으려고 애를 썼다. 내가 그녀를 도와 북두칠성을 찾으려고 여기저기 살피는데 규하가 먼저 찾아냈다. 규하가 손가락으로 가리킨 방향을 보니 과연 일곱 개의 큰 별이 눈에 잡혔다. 선으로 연결하면 자루 달린 바가지 형상이 분명했다. 하늘 가운데에는 안개처럼 뿌연 은하수가 흐르고 있었고, 이쪽 하늘에서 저쪽 하늘로 긴 꼬리를 남기면서 유성이 날아가기도 했다.

가슴이 벅찼다. 어제까지 내가 한 번도 상상할 수도 없는 장소에 와서, 또 어제까지 전혀 알지 못했던 두 여학생과 이렇게 찬란한 밤하늘을 함께 보고 있는 나 자신이 신기하고 낯설어서 어쩐지 현실 같지가 않았다.

밤이 깊어서야 우리는 잠을 자러 갔다. 그녀들과 어린아이는 대청마루가 있는 안채로, 나는 사랑채 끝에 있는 규하 방으로 갔다. 방은 깨끗한 한지로 도배되어 있었고 바닥은 들기름을 발라 노랗게 윤이 났다. 나는 친구와 이야기꽃을 피우다가 잠이 들었다.

다음날 아침, 너무 피곤했던지 나는 늦잠을 잤다. 일어났더니 동네에서 아줌마들과 처녀들이 잔뜩 규하 집에 모여 있었다. 야밤에 남녀 고등학생들이 고개를 넘어 찾아왔다는 소문은 조그마한 동네에 금방 퍼졌던 것이다.

나는 조심스럽게 친구 부모님께 아침 인사를 올렸다. 지난밤에는 경황이 없어 자세히 보지 못했는데 아침에 그분들을 뵈니 저절로 존경심이 일었다. 얼굴이 한없이 맑고 자상해 보였기 때문이었다. 시골에 사시는데도 힘든 농사일에 찌들려 사시는 분들 같지 않았다. 대청에는 아침상이 차려져 있었는데 온갖 나물과 귀한 간고등어까지 올라와 있는 진수성찬이었다.

아침을 먹고 동네를 한 바퀴 둘러보니 한 20여 호가 되는 마을에서 유일하게 규하의 집만 기와집이었다. 육간대청의 안채와 아래채 그리고 바깥채까지 있는 고래 등 같은 기와집이 이 깊고 깊은 산골 마을에 있다는 게 믿어지지 않을 정도였다. 나중에 안 사실이지만, 규하네 집은 대대로 그 지방에서 소문난 명문가였고 큰 부잣집이었다. 규하는 그 동네에서는 누구나 인정하는 귀한 댁 도령이었고, 그 마을에서 유일하게 대구까지 와서 유학하는 고등학생이었다.

규하는 우리 일행에게 동네 구경을 시켜준다며 안내했

다. 기와에 푸른 이끼가 자욱하게 긴 오래된 사당과 비어 있는 시골 분교도 구경했다. 분교 운동장에는 녹슨 시소와 그네가 있었고 학교를 둘러싸고 있는 오래된 느티나무에는 까치가 와서 '깟깟깟' 울어댔다. 함께 온 여학생들이 아이와 같이 그네를 타고 있는 사이, 규하가 내 옆으로 와서 나지막하게 속삭였다.

"야, 넌 두 여학생 중에 누굴 좋아하니? 우리 짝 지어서 연애 한번 할까?"

나는 깜짝 놀랐다. 상상도 못한 말이 친구의 입에서 나왔기 때문이다.

"야, 너 지금 무슨 소리 하냐? 나를 구해 준 은인 같은 사람들한테!"

내가 단호한 목소리로 그렇게 말하자 친구는 멋쩍은 듯이 웃으면서 이렇게 말했다.

"그래 알았다, 인마야."

규하는 시골에 살아서 순박한 면도 있었지만 부유한 집의 외아들로 자라서인지 말에 거침이 없었고 행동도 자유

분방한 면이 있다는 걸 그때 나는 새삼 알게 되었다. 집에 와서 점심을 먹고 난 후 그녀들이 돌아갈 채비를 했다. 산길에 밝은 규하가 여학생들을 지례까지 데려다 주기로 했다. 나도 가고 싶었으나 자꾸 몸이 으슬으슬 춥고 한기가 들어 도저히 같이 갈 수가 없었다.

"잘 가세요. 정말 고마웠어요."

나는 대문 앞에서 두 여학생과 작별 인사를 하고 그새 정이 든 아이의 손을 잡아 주었다. 그들은 몇 번이나 돌아보면서 손을 흔들어주었다. 나는 장복순과 일주일 후 대구역에서 만나기로 약속을 했다. 헤어지는 아쉬움은 그녀를 다시 만날 수 있다는 기대와 희망으로 부풀었다.

하지만 나는 그때부터 꼬박 사흘을 헛소리까지 하면서 몸살을 앓았다. 열이 올라 온몸이 불덩이였다. 자상한 친구 어머니가 걱정을 하면서 한약을 달여 주고 간호를 해 주셨다. 낯선 경험에 대한 혹독한 신고식 같은 것일까. 친구와 공부를 하고 신나게 놀려고 계획했던 일들은 물거품이 되고, 산골 마을 친구의 방에서 열에 들떠 앓느라 시간을 거의 다 보내고 말았다. 사흘이 지나자 열도 내리고 조금쯤 거동을 할 수 있었다. 며칠을 더 쉬다가 일주일째 되는 날, 나는 규하 부모님께 하직 인사를 올렸다. 규하는 동재를 넘어 지례까지 나를 배웅해 주었다.

나는 김천역에서 기차를 타고 대구로 가고 있었다. 설렘과 기대가 온통 나를 사로잡았다. 내가 도착할 시간에 맞추어 대구역에 마중 나와 있을 그녀, 밝고 귀여운 장복순의 얼굴이 자꾸만 눈앞에 어른거렸다. 그녀와 헤어지고 난 뒤로 김천역에서 기차를 탈 때까지 그녀는 한순간도 내 생각에서 떠난 적이 없었다. 열에 들떠 혼미한 중에도 그녀와 함께 했던 그 이틀간의 장면들만 눈앞에 어른거렸다. 나는 그녀와 함께 한 모든 장면들을 기억 속에 차곡차곡 쌓았다.

기차가 대구역에 도착했고, 대합실로 걸어가는 동안 내 가슴은 몸서리칠 정도로 세차게 뛰었다. 대합실에 들어가 두리번거리며 그녀를 찾았지만 그녀는 보이지 않았다. 이곳저곳을 샅샅이 살펴보았지만 어디에서도 그녀의 모습을 찾을 수 없었다. 좁은 대합실에 어디 숨을 곳이 있을까마는, 나는 혹시나 하는 마음으로 대합실 이 구석 저 구석을 샅샅이 살폈다. 그러나 그녀의 모습은 보이지 않았다.

갑자기 두 다리에서 힘이 쭉 빠지는 것 같았다. 세상에 혼자 버려진 것 같은 허탈함이 그 순간 온몸을 훑고 지나갔다. 오직 그녀만 생각했던 내 마음이, 그녀가 나를 기다리고 있을 것이라는 철석같은 믿음이 부질없는 꿈인가 싶었다. 몸에서 기운이 완전히 빠진 채로 대합실 밖으로 천천히, 터덜터덜 걸어 나갔다. 그 순간, 나는 아, 하면서 그자리에 걸음을 멈추고 말았다. 그 여학생. 그토록 보고 싶었던 사람이 거기 서 있었다.

장복순. 그녀가 광장 한쪽에서 나를 기다리고 있었다. 나는 감격했다. 기쁨과 행복감으로 가슴이 떨려왔다. 그 며칠간 그녀에 대해 결코 내가 헛된 꿈만 꾼 게 아니었다. 나는 후들거리는 다리로 그녀 곁으로 다가갔다. 잔잔한 꽃무늬 원피스 차림으로 나온 그녀는 교복을 입고 있을 때보다 더 예뻤다.

"이렇게 마중 나와 주어서 감사합니다."

나는 떨리는 목소리로 인사했다. 그러고는 할 말을 찾지 못했다. 나는 아무 말도 못하고 그냥 걷기만 했다. 그녀도 말없이 따라왔다. 얼마 동안 걸었을까, 대건학교가 나왔고 우리는 그 학교 교정에 들어가 벤치에 앉았다. 그녀가 띄엄띄엄 말을 했다. 그날 규하와 같이 그녀들이 동재를 넘어 지례로 나갔던 일. 고모 집에서 친구와 어떻게 지냈더란 이야기. 나도 그녀들이 가고 나서 이내 몸살이 나서 심하게 앓아누웠다는 이야기를 했다. 그리고 친구 어머니가 극진한 간호를 해 주셨다는 이야기까지 했던 것 같다. 무엇보다 나는 그녀를 만나 함께하고 있다는 그 사실만으로도 벅차고 심장이 뛰었다.

지금 생각하니 나 같은 바보는 없었을 거라는 생각이 든다. 글쎄 그 흔한 다과점이나 빵집에라도 들어가 함께 하는 시간을 좀 더 가졌어야 했다. 그때까지 여학생들과 대화해 본 적도, 사귀어 본 적도 없는 나는 그 순간 그런 것은 생각조차 할 수 없었다. 그녀의 집이 반월당 고려다방 옆 골목이라고 해서 그날 나는 거기까지 그녀를 바래다주었다. 그리고 우리는 다음에 만날 약속도 하지 못하고 아쉽게 헤어졌다.

그렇게 시간이 흘렀고, 어느덧 고3이 된 나는 입시 때문에 공부에 매진할 수밖에 없었다. 가난하고 형제 많았던 우리 집에서 유일하게 공부를 잘했던 나는 부모님의 기대가 컸다.

학교 담장 아래 보랏빛 라일락이 만개하던 날이었다. 저녁 무렵 교문 앞을 나서고 있는데 어떤 아가씨가 "학생!" 하고 나를 불렀다. 나는 그녀임을 대번에 알아보았다. 졸업을 한 그녀는 이미 교복이 아닌 사복 차림이었다. 나는 너무나 반가워서 뛰어가 그녀의 손을 덥석 잡았다. 어디서 그런 용기가 솟았던지 그동안 많이 보고 싶었다는 말도 했다. 그녀는 졸업 후 예쁜 숙녀가 되어 있었다. 하지만 나는 갑자기 조우한 그녀에게 어떻게 해야 할지 몰라 적잖이 당황했다. 나는 학교 앞 조그만 구멍가게에 들어가 사이다

한 병을 사서 그녀와 나눠 마시면서 지난 이야기를 했다. 그녀는 대학에 진학하지 않았고, 곧 삼촌 회사에 취직을 할 거라고 말했다.

나는 서울에 있는 대학의 상과 계열로 진학할 거라고 말했다. 그리고 내가 대학생이 되면 우리 다시 꼭 만나자고 말했다. 그녀도 그러자고 말하며 발그레 얼굴을 붉히면서 웃어주었다. 그날도 그녀를 바래다주러 반월당까지 걸어 갔다. 그런데 내 옆에서 길을 걷던 그녀가 갑자기 내 소맷 자락을 잡아당기더니 전봇대 뒤로 몸을 숨겼다. 내가 영문 을 몰라 두리번거렸더니, 그녀가 소곤거리듯이 내 귀에 대 고 말했다

"저어기, 우리 오빠예요."

그녀가 턱짓으로 가리키는 길 건너편 골목길에는 군복 입은 건장한 젊은이가 걸어 나오는 게 보였다. 그의 옆구 리에는 권총이 꽂혀 있었다. 그는 도롯가에 세워져 있는 지프차 문을 열더니 이내 차에 올라탔다.

장복순은 군인인 자기 큰오빠가 아버지보다 더 무섭다고

말했다. 우리는 그 차가 완전히 시야에서 사라지길 기다렸다가 길을 건넜다. 반월당 오른편에 고려다방이 있었는데, 그녀의 집은 그 다방 옆 골목길 안쪽인 모양이었다. 우리는 내가 대학생이 되면 꼭 만날 것을 다시 한번 약속했다. 그녀는 골목길로 들어가며 두 번이나 뒤돌아보았다. 그리고는 손을 흔들어주었다. 그것이 마지막이었다. 하지만 그때는 그것이 마지막이 될 줄 몰랐다.

나는 그때부터 더 열심히 공부했다. 다시 그녀를 만날 때는 멋진 대학생의 모습을 보여주고 싶었다. 그해 겨울 마침내 나는 학교장의 추천으로 서울에 있는 k대학에 무시험 전형의 원서를 냈다. 그때는 한 학교에서 한 명의 학생만을 추천했기 때문에 공부를 열심히 하지 않으면 바랄 수 없는 일이었다. 나는 홀로 시험을 보기 위해 상경했다. 완전히 주관식 시험이었고 심층 면접이었다. 운 좋게도 나는 합격했고, 집안의 경사라며 아버지는 동네잔치를 열었다.

그때는 전쟁이 끝나고 얼마 지나지 않았던 때라 다들 가난하기 짝이 없었고 대학에 진학하는 사람도 드물었지만 서울에 있는 명문대에 합격하는 것은 더욱 드문 일이었다. 대학 합격 소식을 들었을 때, 나는 무엇보다 이제 그녀를 다시 만날 수 있다는 기쁨에 들떴다.

그러나….

그녀를 만날 길이 없었다. 소식을 전할 곳이 없었다. 다시 만날 날짜와 장소를 미리 정해두었다면 그런 일은 결코 없었을 것이다. 어쩌면 그녀도 나처럼 부끄럽고 쑥스러워서 구체적인 약속 시간과 장소를 먼저 말하지 못했던 것은 아닐까.

그해 겨울 나는 우연하게라도 그녀를 만날 수 있을까 싶어 고려다방 골목길 근처에 서서 그녀가 나타나기를 기다리고 또 기다렸다. 골목길을 서성대며 나는 얼마나 나 자신을 원망하고 후회했던가. 마지막으로 헤어지던 날 집 앞까지 바래주었더라면 집이라도 정확하게 알 수 있었을 텐데, 내게는 왜 그만한 배짱이 없었던가! 정말로 다시 그 시절로 돌아갈 수 있다면, 그처럼 어리석게 헤어지지는 않으리라는 생각을 골백번도 더 했다.

끝내 그녀를 만나지 못하고 대학에 입학했다. 대학에 들어가니 봐야 할 책과 해야 할 공부가 태산이었다. 다른 데 정신을 팔 여유가 없었다. 인천 소사에 있는 누님 집에서 기차와 버스를 번갈아 타면서 통학을 해야 했으므로 시간적인 여유도 없었다. 기차를 타면 가끔 그녀 생각이 났으나 오래가지는 않았다.

어느새 해가 바뀌었고 2학년이 되었을 때였다. 아무리 기다려도 집에서 와야 할 등록금이 오지 않았다. 아무래도 집에 무슨 일이 생긴 것 같아 초조하고 불안했다. 전화도 없던 시절이라 대구로 가기 위해 무작정 서울역으로 갔다. 그런데 내 주머니에는 막상 대구까지 가는 차비가 모자랐다. 내 옷깃에 있는 k대학교 배지를 본 어떤 고마우신 역무원 아저씨가 내 사정을 듣고 도와주었다. 왜관에서 기차를 탄 것으로 해 줄 테니 대구까지 가라고 하면서 표 한 장을 끊어준 것이다. 그날 기차를 타고 내려오면서 문득 그녀와의 약속이 떠올랐다. 내가 대학생이 되면 꼭 만나기로 한 그 약속. 대학생이 된 나는 여전히 그 약속을 지키지 못하고 있었다. 주소조차 모르니 편지조차 할 수가 없었다. 이번에 내려가면 그 고려다방 골목길을 샅샅이 수소문해서라도 어떡하든 그녀를 찾고야 말겠다는 결심을 했다.

그러나, 한 치 앞도 가늠할 수 없는 게 사람의 미래고 운명인 모양이다. 그 결심은 채 몇 시간도 지나지 않아 물거품이 되어 흩어져버렸다. 집에 도착하니 난리도 그런 난리가 없었다. 둘째 형수가 가족들 몰래 계주를 하다가 사고를 내어 빚쟁이들이 본가에까지 들이닥쳐 부모님이 몸져누워계셨다. 그 후 나의 생활도 고난의 연속이었다. 학비를 스스로 벌기 위해 뛰어 다녀야 했다. 장복순, 그녀의 얼굴이 언뜻언뜻 떠올랐지만 그녀를 찾아볼 겨를이 없었고, 엄두도 나지 않았다. 그러다가 입영 통지서를 받았고, 나는 쫓기듯이 군대에 가게 되었다.

내 홍안의 스무 살 언저리, 복사꽃 고운 빛으로 피어나던 그녀에 대한 애틋한 마음은 제대로 피워보지도 못하고 그렇게 시들어갔다. 나는 먹고 사느라 정신이 없었고, 세월은 강물처럼 흘러갔다.

　고등학교 졸업 후 연락이 끊어졌던 친구 규하를 다시 만
난 것은 어느 해 여름 운전면허 학원에서였다. 비록 이십
여 년 만의 만남이었지만 우리는 서로 한눈에 알아보았다.
우리는 반가워서 서로 포옹을 하고 한참이나 손을 놓지 못
했다.

　규하는 경산의 어느 고등학교에서 교편을 잡고 있다고
했다. 얼마 후 나는 아내와 함께 그의 집에 초대받았고, 그
의 부인과 아이들도 만났다. 그는 팔달시장 옆 미나리꽝이
라고 부르던 주택가에서 살림을 하고 있었다. 그의 집 거실
에는 일제 녹즙기가 놓여 있었는데, 규하가 자신의 건강을
위해 매일 녹즙을 먹는다 했다. 하도 많이 사용해서 녹즙기
를 두 번째 바꾸었다고 그의 아내가 말했다. 그는 당뇨를
앓고 있었다. 오래된 지병이라 했다.

　우리는 그 뒤에 몇 번 서로의 집을 오가며 만남을 가졌
다. 아내에게 고등학생 때 규하의 집에 찾아가던 이야기

며, 그때 도움을 받은 고마운 여학생 장복순이라는 이름을 말한 것도 그때였다. 아내가 장복순을 나의 첫사랑이라고 놀리게 된 것도 아마 그때부터였을 것이다.

언젠가 규하가 자기 고향 마을에 함께 가보지 않겠느냐고 제안해 왔다. 지금은 지례에서 지프차로 갈 수 있는 길이 났으니 예전처럼 고생하지 않아도 된다고 했다. 우리 내외는 규하 내외와 함께 지프차를 타고 고렴마을을 다시 방문했다. 그곳은 옛 풍광은 사라지고 많이 변해 있었다. 야산은 죄다 밭으로 개간되어 있었고 도로가 개통되어 있어 크게 힘들지 않게 갈 수 있었으나 굽이굽이 아름답던 옛길의 정취는 이미 사라지고 없었다. 규하 부모님은 그때에도 정정했으며, 우리를 반가이 맞아주셨다. 그리고 미리 준비했다면서 살아 있는 오소리 한 마리를 선물로 주셨던 게 기억난다. 그때 규하가 내게 이렇게 말했던 것도.

"그때 너 우리 집 찾아오느라 고생 많이 했다 아이가. 그러니 집에 가져가 달여서 몸보신해라."

오소리 쓸개를 따로 떼 두었다가 소주에 담가 한 잔씩

마시면 좋다고 하는 말도 덧붙였던 것 같다. 나는 규하 말대로 살아 꿈틀거리는 오소리를 자루에 담아 가져와서 약 달이는 집에서 한약과 함께 달여 먹었다.

나중에 생각하니 내 생각이 짧았음이 분명했다. 그때 규하의 부모님은 어쩌면 지병이 있는 아들 먹이려고 오소리를 산 채로 잡았던 게 아니었을까. 그것도 모르고 나는 사양도 하지 않고 그것을 덥석 받아왔던 게 아니었을까. 그런 한탄은 그로부터 몇 해 지나지 않아 갑자기 세상을 떠나버린 규하 때문에 드는 회한일 것이다.

같은 대구에 산다고 하나 서로 바빠서 한동안 소식이 뜸했는데, 어느 날 갑자기 규하가 죽었다는 부고를 들었다. 그 소식을 들었을 땐 이미 그의 장례가 끝나 있었다. 그의 아내에게 물으니, 너무 위급한 상황이라서 부모님이 와서 서울 큰 병원에 이송하였고, 경황이 없어서 소식이 늦었다고 했다. 한창의 나이에 그는 그렇게 하직 인사도 없이 내 인생 무대에서 홀연히 내려가 버렸다.

어느덧 내 나이 일흔 하고도 여덟 해가 지났다. 우리 세대는 전쟁 이후 폐허가 된 땅에서 보리밥과 주먹밥으로 겨우 연명하면서 자랐다. 우리는 '조국 근대화'를 위해 산업역군이 되었고 '새마을'을 가꾸기 위해 새벽종이 울기 무섭게 일어나 일터로 나갔다. 나 또한 예외일 수 없었다. 가난하고 척박한 터전 위에서 앞만 보고 달려왔다. 전쟁과 가난을 견디면서 거대한 파도에 떠밀리듯 그렇게 격랑의 세월을 지나왔다. 그 속에서 결혼도 했고, 아이도 낳아 길렀고, 돈을 벌기 위해 무섭게 일도 했다. 내 사업이라는 걸 시작하고는 더욱 정신없이 바빴다. 그 세월이 잠깐이었던 것 같은데 어느새 내 머리에는 서리가 하얗게 내려앉았다.

늙는다는 것은 몸의 쇠퇴를 의미하지만 그렇다고 마음이나 정신이 함께 늙는 것은 아니다. 누가 말했던가. '세월은 피부에 주름을 만들지만 마음을 시들게 하지는 못한다.'고.

나이가 많으니 좋은 점도 많다. 늘 어딘가에 매여 살아왔던 삶이 훨씬 가벼워지고 자유로워졌다. 은퇴를 하고 나니 내가 갑자기 시간 부자가 되어 있었다. 그래서 예전에는 할 수 없었던 일도 요새는 많이 한다. 매주 친구들과 등산도 다니고 서점에 가기도 하고 음악을 듣거나 일기도 쓴다. 그리고 지나간 삶을 되돌아보면서 나 자신을 반성하기도 한다. 돌아보면 새삼 고마운 사람도 많고 보고 싶은 사람도 많다. 누가 말릴 것인가. 고마운 사람에게는 찾아가서 고맙다 인사를 하면 되고, 보고 싶은 사람은 찾아서 만나보면 되는 일 아닌가.

나는 더 이상 미루지 않기로 했다. 60여 년 동안 만나지 못했던 그녀를 찾아 나섰다. H여고를 찾아갔고, 동창회 연락 담당이라는 B선생을 만났다. 얼마 전 그 선생이 연락을 해왔다. 총동창회장과 연락이 되었다고. 그러면서 그가 그녀의 이름과 졸업연도를 다시 한 번 물었다. 나는 또박또박 힘주어 말해주었다. '57년 졸업생 장복순'이라고.

B선생에게서는 아직 연락이 없다. 나는 하루에도 몇 번씩 '부재중 전화'가 오지나 않았는지 휴대폰을 확인하고 있다.

제2부

석양을 바라보며

석양을
바라보며

내가 서 있는 시간은 해가 기우는 석양 무렵이다.
지는 해를 바라본다고 해서 금방 어두워지는 건 아니다.
일출보다 일몰의 풍광이 더 길고 아름다울 수 있다.

거울을
보면서

 그날 아침이었네. 양치를 하고 입을 헹구다가 무심코 거울 속의 나를 보았네. 매일 보는 친숙한 그 얼굴인데 왠지 그 순간은 뭔가가 다른 듯했네.

"너, 누구냐?"

 나도 모르게 그런 말이 입에서 툭 튀어 나오더군. 참 얼토당토않은 말이었지. 그것은 지금까지도 여전히 풀지 못한 가장 난해한 질문이네. 까마득한 옛날, 아마 내가 네댓

살 때, 누님의 손거울을 만지고 놀다가 거울 속에 비친 눈 코 입. 까무잡잡한 얼굴을 보고 놀란 적이 있네.

"이게 뭐야?"

"그게 너지, 누군 누구냐."

옆에서 뜨개질을 하고 있던 누님이 나를 힐끗 보더니 대수롭잖게 말하더군.

그러고 보니 어린아이였던 내가 백발의 늙은이가 되어 또 이런 우문인지 현문인지를 스스로에게 다시 던진 셈이네.

왜 그날 아침의 일을 새삼 말하는가 하면, 이 늙은이가 '글을 써봐야겠다'는 결심을 하게 된 계기가 그것이었거든.

거울 속에는 분명 한 노인이 있었어. 처진 눈꺼풀과 늘어진 목살, 탄력을 잃은 볼과 희끗한 머리카락을 듬성하게 달고 있는 한 늙은이. 세월이 붉고 탱탱한 동안童顏을 쓸쓸한 회색빛 노안으로 바꿔 놓았더군. 하긴 세월의 풍화가 어디 자연에만 있겠는가. 그려. 이 나이 먹도록 살아오면서 풍파와 시련이 왜 없었겠나.

  우리 세대는 자네가 살고 있는 지금 시절과는 영 딴판이었지. 동족상잔의 6.25 전쟁이 이 땅을 완전히 폐허로 만들어놓았지. 그때는 내남없이 살아남기 위해 몸부림쳤던 세월이었네. 고픈 배를 움켜쥐고 밤을 새워 공부하고 몸이 부서져라 일했지. 내 사업을 시작한 뒤로는 밤잠 한번 편하게 자본 적 없었다네. 국가 또한 경제성장이니 조국 근대화니 하는 기치 아래 기업들을 독려하고 국민들 또한 스스로 허리띠를 졸라매고 악착스레 살았던 세월이라네. 그렇게 우리 세대는 정신없이 떠밀리듯 살아왔다네. 그 세월이 영 헛되지는 않았는지 가난했던 우리나라도 이만큼 살고 있고 나도 물질적으로 부족함 없이 살고 있으니 더 이상 무얼 바라겠나.

  하지만 말일세. 나는 먹고 사는 문제를 해결하기 위해 내 인생의 대부분을 보내버렸어. 한 인간이 세상에 태어나서 살아가는 데 그게 다는 아니지 않은가.

  그날은 확실히 어느 때와 달랐네. 평소 같으면 인터넷

바둑을 두거나 뒷산을 산책하거나 했을 텐데 나는 아침부터 방에 들어가 줄곧 책상 앞에 앉아 있었네. 뭔가를 해야 한다는 뜨거운 의지가 샘솟는 것을 느꼈어. 이 나이에도 어떤 희망으로 가슴이 두근댈 수 있다는 것을 그날 알았네. 나는 서가에 있는 책을 이것저것 빼 보다가 메모를 해둔 노트를 꺼냈지. 맨 앞장을 펴니 서산대사의 글이 적혀 있었네. 평소에 내가 좋아하는 글귀지.

　- 눈 덮인 들판을 걸어갈 때 어지러이 함부로 가지 말라. 오늘 걸어가는 나의 발자취가 뒤에 오는 사람의 이정표가 되리니.

노트를 넘기다 새해 벽두에 쓴 이런 글도 발견했네.

　- 생명에 감사할 줄 알고, 한 발짝 떨어져 삶의 아름다움을 느낄 줄 아는 사람이 되고 싶다. 남에게 보여주기 위한 공허한 삶이 아니라 내 자신에게 충실한

●
거울 속에는 분명 한 노인이 있었어.
처진 눈꺼풀과 늘어진 목살, 탄력을 잃은 볼과
희끗한 머리카락을 듬성하게 달고 있는 한 늙은이.
세월이 붉고 탱탱한 동안童顔을
쓸쓸한 회색빛 노안으로 바꿔 놓았더군.
하긴 세월의 풍화가 어디 자연에만 있겠는가.

성숙한 성품으로 살고 싶다.

　어떻게 해야 아름다움을 느낄 줄 아는 사람이 될까. 성숙한 성품으로 살아가기 위해선 어떻게 해야 할까.
　이보게, 나는 그 순간 내가 해야 할 일이 무엇인지 어렴풋이 깨닫게 되었다네. 내가 무엇을 간절히 바라고 있는지도 알게 되었다네. 내게 남은 날이 얼마나 있는지 모르지만, 나는 이제부터 나 자신을 성찰하는 인간이 되기를 원한다네. 적어도 자식들에게 돈만 벌어들인 아비가 아니라 생명을 경외하며 가치 있는 삶을 살다간 아버지로 기억되기를 바란다네.

　"어르신. 글을 한번 써 보시죠."
　그 말이 섬광처럼 내 가슴에 번쩍 하고 들어와 꽂혔지. 우연한 자리에서 자네가 내게 했던 말이네. 자네는 나와의 대화에서 시들지 않은 풋풋한 감성과 열정이 느껴진다고 했던가. 그것이 비록 이 늙은이를 위한 인사치레의 말이었다 해도 정말 고마웠다네. 내게 그 말이 얼마나 큰 용기가 되었는지 자네는 아마 모를 것이네.

나는 도전해 보기로 결심했네. 자네 말대로 글을 써보기로 말일세. 누구에게 보여주기 위해서가 아니라 우선 내가 누구인지 성찰하기 위해서 말이네. 내면의 나를 끄집어내 보는 데는 글만한 게 어디 있겠는가.

하지만 나는 금방 절망했다네. 내가 쓰는 말은 너무나 빈약하고 제한적이라는 것을 알게 되었네. 내 정신은 과거의 것을 무겁게 주렁주렁 매달고 나를 한 발짝도 앞으로 나아가지 못하게 했네. 늙은 몸만큼이나 생각도 굳어있었지. 마음은 새롭게 말하고자 하나 새로운 말이 떠오르지 않았네.

하지만 이보게. 나는 포기하지 않을 것이네. 결과를 기대하기보다는 그 하나하나의 과정에서 최선을 다하는 게 중요한 것임을 나는 이제 누구보다 잘 알고 있으니까. 요즘 나는 자네 말대로 매일 일기를 쓴다네. 부단히 새로운 단어를 찾아내고자 하네. 하나의 단어를 가지고 다양한 의

미를 보고자 애쓰기도 하네. 그 어느 때보다 독서도 왕성하게 한다네. 그래선지 모르지만 세상이 조금씩 다른 의미로 보이기도 한다네. 느슨해지고 둔감해진 정신을 버리려면 언어를 가지고 노는 게 제격이라는 생각이 드네. 시간도 넉넉할뿐더러 무엇보다 내가 하고 싶은 일을 할 수 있으니 이 나이가 주는 행복도 크다는 걸 처음 깨닫게 되었다네. 그래선지 요즘은 사는 일이 매순간 즐겁다네. 팔순이 다 된 황혼의 늙은이가 마치 첫 걸음마를 뗀 아기처럼 살 수도 있다는 걸 사람들은 이해할 수 있으려나?

해 질 녘에는 수성못 주변을 좀 걸었다네. 못가의 나무들은 이미 겨울을 준비하고 있었네. 저 나무들도 봄에는 죽을힘을 다해 잎과 꽃을 피웠을 테지. 맑은 못물은 고요하기도 하여 하늘과 구름과 나무들을 고스란히 비추고 있었네. 마치 거울처럼 말일세. 내 마음이 맑고 고요하면 이 또한 나와 세상을 비추는 하나의 거울이 되지 않겠는가.

집으로 돌아오는 길, 오늘은 서쪽 하늘의 석양이 유난히 고왔다네.

방심放心

합천호 주차장에 차를 댄 시간은 오전 열 시쯤이었다. 악견산岳堅山을 오르기로 결정한 건 순전히 친구 문종의 권유 때문이다.

"우리 걸음으로 한 시간 반이면 충분히 정상에 도착해. 내가 가 봤는데 조망이 천혜의 절경이야."

토요일마다 산에 다니면서 건강이라도 챙기자는 취지로 만든 지 어언 12년째인 '삼일등산회'는 고교 동기들이 친목과 등산을 위해 결성한 모임이다. 주차장에 도착해서 눈앞에 펼쳐져 있는 웅장한 산세를 올려다 본 몇몇은 도저히 자신이 없다며 뒤로 물러났다. 그들은 합천호의 경관을 보고 주차장 인근에 있는 매운탕 집에서 기다리기로 하고, 평소 노익장을 자부하는 여덟 명만이 출발했다.

하늘은 구름 한 점 없이 맑았고 춥지도 덥지도 않은 최상의 날씨였다. 물병과 간단한 간식거리를 넣은 배낭 하나씩을 짊어진 우리는 힘차게 걸음을 떼었다. 칠순이 지난 나이에도 이런 멋진 자연을 즐길 수 있는 나는 분명 복 많은 사람이라는 생각마저 들었다.

초입을 지나자마자 오르막이 시작되었고 숨이 차오르기 시작했다. 남평 문씨 납골당을 지나자 이내 까마득한 높이의 철계단이 나왔다. 우리는 조심조심 올랐다. 자칫하다간 넘어져 구를 판이었다. 울퉁불퉁한 바위 때문에 능선을 찾을 수 없을 정도로 악견산은 온통 바위로 덮여 있었다. 얼굴 보고 이름 짓는다더니 역시 악견산은 그 이름에 걸맞았다. 우리는 거칠게 숨을 헐떡였고, 이마에서 흘러내린 땀을 닦느라 자주 걸음을 멈추었다.

"야, 니는 이 늙은이들 다 죽일라카나! 더 이상 못 올라가겠다."

한 친구가 이 험준한 산을 추천한 문종에게 투덜댔다.

"이제 다 와 간다. 조금만 더 걷자."

문종이 땀으로 뒤범벅된 얼굴을 수건으로 문지르며 미안한 듯 말했다. 두 번째 철계단을 겨우 오르자 멀리 황매산이 보이고 합천호가 시원하게 내려다 보였다. 우리는 햇살을 받아 따스하게 달궈진 바위에 앉아 주위의 풍광에 잠시 넋을 잃었다. 봄 철쭉만큼이나 가을 단풍도 황홀했다. 우리는 다시 힘을 내어 정상을 향해 걷기 시작했다.

기암괴석들이 도열한 듯 사방에서 나타났다. 마치 조물주가 이 산에다 지구상에 사는 모든 동물들을 조각해 놓은 듯했다. 몸에서는 땀이 샤워하듯이 흘러내렸다. 조금 걷다가 쉬고 또 몇 걸음 가다가 쉬었다. 악견산은 그야말로 악전고투를 하면서 올라가야 하는 산이었다.

드디어 정상에 올랐다. 노익장을 과시하듯 우리는 큰 소리로 환호했다. 햇살을 받아 거울처럼 빛나는 합천호가 한눈에 내려다보였다. 우리는 가져온 간식과 물을 먹으면서 짜릿한 휴식을 즐겼다. 20분쯤 쉬고는 하산하기 위해 일어났다. 경사가 심해 만만치 않은 하산 길이었다. 사실 산은 올라갈 때보다 내려가기가 더 힘들다는 건 산을 다녀본 사람은 다 안다. 다들 하산 길을 걱정하고 있을 때 문종이가 말했다.

"내가 지난번에 왔을 때 완만한 하산 길을 알아뒀어, 걱정들 마. 더 빨리 갈 수 있는 지름길이니까."

우리는 흔쾌히 문종이가 이끄는 대로 산을 내려오기 시작했다. 그 길은 우리가 올라온 반대편 쪽으로 나 있었다. 내려가면 댐 아래 공터 쪽이 나온다 했다. 바위 사이로 내려가는 길은 '야, 이런 편한 길이 있었구나.' 말할 정도로 순탄했다. 그런데 얼마쯤 내려갔을까, 갑자기 길이 뚝 끊겼다.

"이상하다, 여기가 맞는데…."

문종은 우리에게 이 자리에 가만히 있으라 하고는 혼자

서 여기저기 뛰어다니면서 길을 찾았다. 하지만 길을 못 찾았는지 풀죽은 얼굴로 돌아왔다. 그때부터 우리는 헤매기 시작했다. 낙엽이 쌓인 산길은 인적이 뜸해 흔적이 지워지고 없었다. 희미한 길이 보여서 걸어가면 낭떠러지가 나오고 또 다시 희미한 길이 보이는가 싶어 걸어가 보면 천길 벼랑이 나왔다. 낙엽 때문에 미끄러지고 넘어지기 일쑤였다. 내가 말했다. 다시 정상으로 가서 당초에 우리가 올라왔던 길로 내려가자고. 하지만 다들 내켜하지 않았다.

"저기까지 어떻게 다시 올라간단 말이냐. 이제 힘 다 떨어졌는데."

한 친구가 그 자리에 털썩 주저앉으며 짜증을 냈다. 잠시 내려온 것 같았는데도 올려다 본 정상이 까마득해 보였다. 우리는 다시 길을 찾아 헤매기 시작했다. 그러나 길의 끝에는 매번 낭떠러지뿐이었다.

"야, 미치겠네. 저 바위라도 타고 내려가자."

한 친구가 얼굴에 벌건 핏대를 세우며 위험천만한 제의를 했다. 하지만 그도 답답해서 하는 말이었다. 다리는 자꾸만 후들거렸고 배도 고팠다. 어쩔 수 없이 내려온 길을 다시 올라가기로 결정한 우리는 올라가는 길을 찾았다. 그런데 맙소사! 이제는 올라가는 길도 찾을 수 없었다.

　시계는 4시를 가리키고 있었다. 벌써 어둠이 내려오는 듯 산그늘이 깊어지고 있었다. 모두가 사색이 되었다. 나는 휴대전화를 꺼내 119에 조난 신고를 했다. 우여곡절 끝에 악견산 아래에 살고 있다는 대병면사무소 총무계장이라는 사람과 연결되었다. 그는 전화기에 대고 몇 번이나 '산불이 나서 꺼멓게 변한 솔밭' 이 보이느냐고 물었다. 사방을 둘러보니 과연 불탄 솔밭 자리가 우리가 있는 왼쪽 산중턱에 보이는 것이었다. 우리는 그가 가리키는 대로 솔밭 쪽으로 넘어지고 기어가며 찾아갔다. 마침내 가느다란 산길을 발견했고 우리는 무사히 내려올 수 있었다. 댐 휴게소에 도착했을 때는 이미 어둠이 깔리고 있었다. 그곳에서 대기하고 있던 친구들이 놀라면서 반가이 맞아주었다.

　"지름길로 오려다 황천길로 직행할 뻔했다."

　"내려와서 점심 먹으려 했더니 저녁을 먹게 됐네."

"쉬운 길이 어딨겠노. 길이란 다 고행길이지."

안도한 우리는 김이 무럭무럭 올라오는 매운탕 냄비를 앞에 놓고 그제야 저마다 호기롭게 한마디씩 했다.

맞는 말이었다. 쉬운 길이라고 함부로 마음을 놓아서는 안 되는 거였다. 어디 산행길만 그러한가. 인생의 황혼기인 내리막길에서도 예외는 없을 터였다. 욕심을 제어하지 못해서 기어이 노추老醜를 드러내고 낭떠러지로 추락하는 일도 흔한 일이 아닌가.

뜨거운 국물을 홀홀 먹으면서 새삼 깨닫는다. 땅위의 길이든 인생의 길이든 방심의 대가는 언제나 혹독하다는 것을.

긴장이 풀렸는지 그제야 온몸이 쑤셔오기 시작했다.

봄날은
간다

　만호가 고향에 돌아와 식당을 냈다는 소식을 듣고 친구
들과 함께 그를 보러 가는 차 안에서, 나는 자못 설레었다.
만호는 고교 시절 나와 각별한 시간을 함께 보낸 친구였
다. 물오른 푸른 잎맥 같았던 시절에 헤어진 친구를 단풍
잎 메마른 노안으로 만나러 가고 있다니, 강산이 바뀌어도
몇 번이나 바뀌었을 세월이었다. 그 친구는 어떻게 바뀌어
있을까. 공부하느라 항상 지쳐 있던 나와는 달리 뭘 걱정

이냐는 듯 늘 행복한 표정으로 기타를 치고 노래를 하던, 그 시절 만호의 모습이 차창에 자꾸 어른거렸다.

만호는 고3 때 같은 반이었다. 그는 힘도 세고 노래도 잘했다. 운동으로 다져진 다부진 몸매를 가진 만호는 싸움에서 져 본 적이 없었다. 그렇다고 약한 아이를 괴롭히거나 폭력적이지는 않았다. 그는 호탕하고 서글서글했으며 쉬는 시간이면 교단 앞에 나가서 한쪽 다리로 박자를 딱딱 맞춰가며 트로트를 불러제끼곤 했다. 노래도 얼마나 잘하는지 다른 반 아이들이 일부러 구경 오기까지 했다.

어느 날 담임 선생님이 만호를 내 옆자리에 앉혔다. 만호가 성적이 모자라 졸업 못할 수도 있으니 도와줘야 한다는 것이 그 첫 번째 이유였고, 만호 성적이 올라야 학반 평균성적이 올라갈 거라는 것이 두 번째 이유였다. 지금 생각하면 다른 이유가 있었는지도 모르겠다. 전매청 고위직에 있던 만호 아버지는 학교에도 가끔 나타나시곤 했는데, 아마 장남인 만호가 학업에 뜻을 보이지 않는 데다 맨날 엉뚱한 짓만 하고 다니니 담임 선생에게 뭔가를 특별히 부탁하지 않았을까 하는 생각도 든다. 어쨌거나 만호와 나란히 앉게 된 나는 서먹서먹하던 처음과는 달리 얼마 지나지 않아 그와 친해졌다.

만호는 의외로 내 말을 잘 들었다. 수학이나 영어는 기초를 놓쳐서 힘이 들었지만 암기 과목은 시험을 앞두고 중요한 부분을 짚어주면 만호는 그것을 집중적으로 공부하곤 했다. 그래선지 만호의 성적이 조금씩 올라가서 만호도 선생님도 좋아했다. 나도 만호 도움을 받았다. 내게는 만호가 호위무사처럼 든든했다. 가끔 학교 안팎에서 나를 괴롭히던 덩치 큰 녀석들도 만호와 함께 다니는 나를 본 뒤부터는 나를 건드리지 않았다.

고3 마지막 학기는 만호와 한집에서 기거를 하게 되었다. 만호 아버지는 장남의 면학을 위해서 영산못 근처에 한옥 한 채를 전세 내었고, 거기에 함께 있으면서 나더러 만호의 공부를 좀 보아달라고 부탁했기 때문이다.

처음엔 신기하고 좋았다. 아담하고 조용한 나만의 방도 생겼으니 만호를 달래서 공부만 열심히 하면 되는 것이었다. 하지만 그것은 내 바람이었을 뿐 마음먹은 대로 되지 않았다. 만호는 내 말을 듣는 척 하다가는 늘 엇나갔다. 밤이면 자주 여학생을 만나러 나갔고, 극장에도 뻔질나게 다녔다. 만호에게 반해서 따라다니는 여학생들도 많았다. 그 중 몇몇은 자췻집으로 찾아오곤 했는데, 나중에 그의 부인이 된 안 여사도 그 중 한 명이었다. 나는 만호에게 부디 몇 달만이라도 정신 차리고 공부하자고 회유도 하고 잔소리도 했지만 소귀에 경 읽기였다. 결국 그는 대학에 진학하지 못했다.

졸업 후 나는 그를 만나지 못했지만 고향에 내려올 때마다 간간히 그의 소문은 들을 수 있었다. 만호가 낭랑악극단에 들어갔다더라, 무대에 한번 서 보는 게 소원이라며 그곳에서 잔심부름을 하면서 지낸다더라, 그러다 만호가 중장비기술자 자격증을 따서 사우디로 돈 벌러 갔다는 소문까지 들렸다. 돈을 모아서 자신의 곡을 취입하기 위해서라고 했다. 그러고도 한참이 지나 만호가 어느 작곡가한테서 곡을 받아 레코드판을 내고 가수가 되었다는 소식을 들

●

그 어떤 근심 걱정도 없는 평화롭고 행복한 표정.
사람이 살면서 어째 안 좋은 적이 한 번도 없을까마는,
내가 기억하는 만호는 늘 저랬다.
만호가 다 함께 부르자는 수신호를 하자
우리도 하나 둘 입을 모아 노래를 따라 불렀다.

었다. 친구들은 만날 때마다 '현풍의 김 가수' 만호 얘기를 빠뜨리지 않았다. 현풍의 아가씨들이 만호 손 한번 잡아보는 것이 영광이라고 할 만큼 한때 만호는 인기가 좋았다고 한다. 하지만 그 후에 들리는 소문은 안 좋은 소식뿐이었다. 술과 담배를 좋아하던 만호가 심근경색으로 가슴을 여는 큰 수술을 했다는 얘기는 이태 전에 들었다.

만호네 식당은 현풍읍내에서 좀 떨어진 맑은 물이 흐르는 계곡 초입에 있었다. 마당이 너른 아담한 시골집이었는데, '초곡묵집'이라는 간판이 대문 나무 기둥에 고풍스레 새겨져 있었다. 마당으로 들어오는 차를 바라보며 담배를 피우고 있던 한 노인. 나는 처음에 내 눈을 의심했다. 저 사람이 만호라고? 우리를 보고 빙긋 웃는 저 사람이? 자세히 보니 진짜 그였다. 병을 앓았다던 그는 우리보다 십 년은 더 늙어보였다. 나는 차에서 내리자마자 만호에게 달려가 손을 잡았다. 나를 알아본 만호의 눈시울이 금세 축축해졌다. 내 마음에서도 뜨거운 뭔가가 울컥하고 올라왔으나, 내 손은 나도 모르게 그의 손에 있는 담배부터 빼앗았다.

"이 사람아, 심장이 안 좋다는 사람이 담배를 왜 피우나!"

그때 그의 부인 안 여사가 나와서 일행들에게 반갑게 인사를 했다. 단발머리 소녀였던 그녀도 세월의 힘을 피하지 못했는지 얼굴에 주름이 지고 머리가 희끗희끗했다. 방에는 이미 닭백숙과 음식들이 푸짐하게 차려져 있었다. 술잔이 돌고 유쾌한 웃음과 서로의 근황들이 오고 갔다. 식사를 끝낸 우리는 마치 수순에 당연히 있다는 듯이 만호의 노래를 청했다.

"여기까지 왔는데, 우리 현풍가수 김만호 노래는 듣고 가야지?"

그 말을 기다렸다는 듯이 만호는 만면에 웃음을 머금고 우리를 그의 음악실로 안내했다. 본채 옆에 있는 컨테이너 하우스가 그의 아지트였다. 수백 장의 엘피판들이 벽의 한쪽을 채우고 있었고 낡은 전자오르간도 있었다. 우리는 좁은 공간에 빙 둘러앉아 비로소 가수 친구의 라이브 공연을 관람할 수 있었다. '가슴에 비만 온다'는 그의 데뷔곡도 처음 들어보았다. 낮고 굵은 목소리가 멜로디를 타고 내 귀에 파도처럼 밀려들었다. 목소리는 역시 예전의 그 만호였다. 나는 소리 없이 혼자서 웃었다. 한때 나는 만호의 노래라면 지치도록 많이 들었다. 그땐 노래 그만하고 공부 좀 하자 어쩌자 하면서 잔소리도 많이 했지만, 이제와 생각하니 나도 그의 노래를 꽤 좋아했던 것 같다.

'봄날은 간다' 도 한번 불러봐라. 일행 중 누군가가 곡을 청하자 만호는 알았다는 듯 고개를 끄덕이고는 이내 그 노래를 부르기 시작했다.

"연분홍 치마가 봄바람에 휘날리더라~"

눈을 감고 목을 비스듬히 꼬면서 부르는 만호의 얼굴에는 굵고 가는 주름들이 천천히 누웠다가 일어섰다. 마치 봄바람에 살포시 누웠다 일어서는 풀잎처럼. 어쩌면 저렇게 자연스럽고 한결같을까. 예전에도 저랬었다. 그 어떤 근심 걱정도 없는 평화롭고 행복한 표정. 사람이 살면서 어째 안 좋은 적이 한 번도 없을까마는, 내가 기억하는 만호는 늘 저랬다. 만호가 다 함께 부르자는 수신호를 하자 우리도 하나둘 입을 모아 노래를 따라 불렀다. 음정은 제각각이지만 옛 친구들이 입을 모아 옛 노래를 함께 부르니 마음은 청춘의 그때로 돌아간 듯 봄꽃처럼 화사해졌다.

"꽃이 피면 같이 웃고~ 꽃이 지면 같이 울던~ 알뜰한 그 맹서에 봄날은 간다~"

노래가 끝나자마자 우리는 서로를 쳐다보며 파안대소를 했다.

얼굴마다 마른 단풍잎 같은 검버섯들이 꽃처럼 환하게 피어올랐다.

산과 벗

　매주 토요일이면 어김없이 산행을 한다. 대구 상고 31회 동기생들이 주축이 되어 만든 등산회 덕분이다. 처음 록촌과 백민의 권유로 시작된 산행이 이제는 내 생활에서 빼놓을 수 없는 즐거운 일상이 되었다.

　처음 내가 회장을 맡았을 때 송전이 총무를 맡아 주었다. 그는 많은 친구들에게 연락을 하고 손수 커피 서비스를 하는 등 회 활성화에 크게 이바지했다. 그때는 영산이 등산대장을 맡았다. 활달한 성격인 그는 산에 대한 많은 경험을 가지고 있어 덕분에 우리는 태백산, 울릉도 성인봉, 가야산 등 1000미터를 넘나드는 명산들을 답파해 나갔다. 지금 생각하니 불과 몇 년 전이지만 그때만 해도 모두 힘이 넘쳤고, 높고 험한 산도 거뜬히 넘나들던 시절이었다.

그러다 송전의 개인 사정과 영산의 베트남 행으로 총무와 등산대장이 바뀌었다. 총무를 맡은 록촌은 매사 정확한 친구라 그 자리가 제격이었는데, 문제는 등산대장으로 초전이 이어가게 되었다는 것이다. 우리는 처음에 다들 걱정을 하였다. 30년을 강단에서 강의와 학문만 탐구해온 샌님 같은 사람이라 그가 산에 대해서 뭘 알까, 리드를 잘 할 수 있을까 싶었던 것이다. 하지만 기우에 불과했다. 그는 지역의 문물이나 역사와 문학에 대해서 해박한 지식을 갖고 있을 뿐 아니라, 철따라 피는 꽃이며 유명하다는 명승지 등을 다니며 부지런히 사진을 찍어 카페에 올리고 우리의 눈과 마음을 즐겁게 했다. 매주 회원들에게 일일이 문자를 보내어 소식을 알리고, 산행 후기 또한 얼마나 성실하고 맛깔나게 써 올리는지, 초전이야 말로 우리 삼일 등산회에 없어서는 안 될 보물 같은 존재임을 다들 알고 있다. 그뿐이랴. 일 년에 수차례 리무진 승합차를 대절하여 문학 기행을 주선해 주는 것도 바로 초전이다. 매사 정확하고 꼼꼼한 그는 반드시 사전 답사를 다녀온 후에 일을 진행시킨다. 그가 아니었던들 우리가 늘그막의 이런 수준 높은 호사를 어찌 누릴 수 있었으랴.

또 한 사람, 우리 삼일 등산회에 없어서는 아니 될 벗이 있다. 바로 목로이다. 그는 전국의 각종 사진 대회의 심사 위원이기도 한 사진작가인데, 십수 년간 토요 산행은 물론 우리의 각종 모임 때마다 부지런히 사진을 찍어주었다. 아마 지금까지 그가 우리를 위해 찍은 사진은 십만 장이 넘었을 게다. 그 사진은 곧 우리가 함께한 세월이 되었고 함께 공유하는 소중한 추억이 되어 있다.

지난해에는 영양과 청송으로 문학 기행도 다녀왔다. 오일도 생가와 한국문학의 거장인 이문열 생가도 둘러보았

다. 청록파 시인 조지훈 문학관에서는 그 유명한 시 〈승무〉
가 낭송되고 있었는데 거기서 마침 모교인 고려대 전 총장
인 홍일식 교수의 영상도 볼 수 있었다. 내가 1학년 때 그
분의 강의를 들었던 터라 감회가 새로웠다.

그다음 일정에는 청송에 있는 《객주》의 작가 김주영 문
학관에 갔다. 그의 책들과 철필, 저울추 같은 게 전시되어
있는 건물은 깔끔하고 훌륭했다. '외롭고 가난한 소시민
의 삶 속에 위로를 주는 것이 작가의 임무'라고 작가는 말
하고 있었는데, 그의 대표작 《홍어》와 《잘가요 엄마》를 몇
권 구해서 나도 읽고 지인에게 선물도 주었다.

매주 한 번씩 산에라도 다니면서 건강도 챙기고 친목이
라도 도모하자는 취지로 만들어진 등산회가 어언 14년이
되었다. 그동안 산이 우리들에게 준 선물은 결코 값으로
매길 수 없는 것이었다. 심근경색으로 수술한 벗도 있고
당뇨와 고혈압인 벗들도 있는데 산에 다니고부터는 다들
건강이 훨씬 좋아졌다는 사실이 그것을 증명해 준다.

매주 한 번씩 산에라도 다니면서 건강도 챙기고
친목이라도 도모하자는 취지로 만들어진 등산회가
어언 14년이 되었다.
그동안 산이 우리들에게 준 선물은
결코 값으로 매길 수 없는 것이었다.

다른 일반 동창회를 보면 60대만 되어도 동기들이 하나
둘씩 저 세상으로 가는데, 우리 등산 멤버들 중에는 십수
년이 지났지만 한 사람도 저 세상으로 간 친구가 없다는
것은 정말 홍복이 아닌가. 일상의 잡념을 훌훌 털어버리고
좋은 공기와 아름다운 자연, 거기에다 정겨운 벗들과 함
께 하는 시간이야말로 내 삶의 비타민이자 내 활력의 원
천이다.

산행을 다니면서 얻은 게 또 하나 있다.
바로 동기이자 친구인 벗들이다. 친구라는 말보다 나는
벗이라는 말이 더 좋다. 왠지 벗이라는 말은 서로 말 없이
도 마음이 깊이 통하는 것 같기 때문이다. 벗 우友자를 파
자하면 왼손과 오른손이 서로 잡고 있는 형상이라 한다.
그러므로 벗이란 '서로 손잡고 더불어 함께 가는 사이'를
의미하지 않을까 싶다.
지금까지 살아오면서 수많은 인연들을 만나왔지만 함께
산행하는 우리 벗들이야 말로 내게는 가장 따뜻하고 즐겁

고 편안하다. 이러한 벗들의 존재야말로 내게 있어서 노후의 가장 빛나는 보물들이다.

《아함경》에 보면 '좋은 벗'이란 초승달처럼 사귈수록 밝음을 더해가는 사람이고 나쁜 벗은 보름이 지난 달과 같이 어두움을 더해간다고 한다. 또한 공자는 유익한 벗이 셋 있고 해로운 벗이 셋 있다 하였다. 곧은 사람과 신용 있는 사람과 견문이 넓은 벗을 사귀면 유익하고, 편벽한 사람과 아첨하는 사람과 말이 간사한 사람을 벗으로 사귀면 해롭다 하였다. 벗들의 유익함과 해로움을 가늠하기 전에 나는 그들에게 과연 어떤 벗일까. 나는 그들에게 밝음을 주는 사람일까, 어두움을 주는 사람일까.

옷깃을 여미게 하는 뜨끔한 문구가 아닐 수 없다.

아무쪼록 우리 삼일 등산회 벗들 모두 오래오래 건강하길 기원한다. 거기 언제나 산이 있어 좋고 더불어 벗들과 함께 하니 금상첨화다. 늙은 할배가 여기서 더 큰 행복을 바라는 건 욕심일 것이다.

석양을
바라보며

내 나이 어언 팔십. 일생을 하루로 치면 지금 내가 서 있는 시간은 해가 기우는 석양 무렵이다. 지는 해를 바라본다고 해서 금방 어두워지는 건 아니다. 일출보다 일몰의 풍광이 더 길고 아름다울 수 있다. 나이 드는 것은 단순히 신체의 쇠락만을 의미하지 않는다고 본다. 좀 더 깊이 이해할 수 있고 더 긍정적인 생각을 할 수 있는 것, 그리고 관심의 폭을 더 넓힐 수 있는 것도 나이 듦의 복락이 아닐까 한다.

지는 해를 바라보면서 나는 새삼 생각한다. 지금까지 살아오면서 내가 무엇을 이루었고 무엇을 남겼는지. 돌아보니 뚜렷이 이룬 것도 없고 남은 것도 없는 것 같다. 젊을 때는 먹고 살기 위해 밤낮 없이 뛰어다녔다. 사업을 하느라 내 인생의 황금기를 다 보내버렸다. 그래서 지금은 물질적으로는 좀 더 풍요로워졌는지는 몰라도 무언가를 놓치고 산 것 같아 나이가 들수록 왠지 아쉽다. 또 후회되는 일은 왜 없겠는가. 좀 더 보람된 일을 많이 할 걸. 현실만 돌보지 말고 나의 내면도 좀 돌보면서 살 걸. 바쁘더라도 가족들을 위한 시간을 좀 더 많이 내어볼 걸….

그렇다. 회한이 한두 가지가 아니다. 하지만 지나간 시간을 돌이킬 수는 없으니 남은 시간을 어떻게 보내야 할지 그게 더 중요할 것이다. 그래도 내게 한 가지 작은 위안이란 게 있다면, 내가 청소년을 위한 봉사단체인 BBS에 몸담아왔다는 사실이다.

BBS란 'Big Brother's and Sister's Movement (큰 형제

자매 맺기 운동) 즉 불행한 청소년들에게 좋은 친구 또는 언니가 되어 사랑과 이해로 이들을 바른 길로 인도해 주는 활동'이다. 이 운동은 '자발적 봉사'로서, 불우 청소년에게 진정한 마음의 벗이 되려 함이며, 청소년 비행 예방은 물론 그들을 건전한 사회생활로 이끌어주기 위한 민간주도의 봉사활동이다.

BBS와 나의 인연은 20년이 훨씬 넘었다. 내가 사업을 시작하고 얼마 되지 않았을 때 잘 아는 협력업체 사장이 권유해서 가입하게 되었다.

그 시절은 대부분의 사람들이 다 그러했겠지만 나 또한 힘든 청소년기를 보냈다. 가난한 집 7남매의 막내로 태어난 나는 초등학교 4학년 때 민족의 비극인 6.25를 맞았다. 학교로 날아오는 폭탄을 피해 우리는 산격동 산기슭에서 수업을 했다. 비가 오면 교과서가 비에 젖었다. 중학교는 사범 병설중학교에 합격하였는데, 그때 집에 돈이 없어서 큰형한테 입학금을 받으러 가야했다. 큰형은 청도경찰서 우문지서에 근무하고 있었는데, 나는 겨우 차비를 구해서 우문지서까지 갔다. 그때 큰형은 비슬산 공비들을 소탕하는 작전을 하고 있었는데, M1소총으로 무장한 큰형의 모습이 아직도 눈에 선하다. 그런데 그날 돌아오는 길이 막혀 입학식에도 불참하게 되었다. 비가 너무 와서 길이 끊겨 버린 것이다. 아무튼 전쟁과 가난 때문에 나는 그렇게 힘겹게 청소년기를 지나왔다.

이처럼 가난했던 청소년 시절을 겪어온 나는 이 단체의 '우애와 봉사'의 취지가 좋았고, 그래서 청소년 선도를 위해 함께 힘을 모으는 일에 기꺼이 동참할 수 있었다. BBS 중구지회의 이사로 출발한 나는 그 후 연맹의 상임이사, 부회장을 거쳐 2003년부터는 대구연맹 회장을 맡게 되었고, 더 막중한 책임감을 느끼게 되었다.

BBS가 주로 하는 활동은 청소년 선도사업과 불우한 청소년들에게 물질적, 정신적 도움을 주는 일이었다. 경찰서를 통하여 문제가 생긴 청소년과 의형제 맺기를 전개하는 일은 특히 보람도 있고 성과도 있었다.

가난한 학생에게 매년 장학금을 주고 겨울에는 방한복을 나눠 주었다. 초복마다 삼계탕을 끓여서 읍내정보중고등학교 학생들을 위로하며 건전한 정신으로 사회에 복귀하기를 기원했다. 2005년에는 대구지방 경찰청 광장에서 어린이 청소년 어울마당을 열어 군·경 내외 인사들과 어린이와 청소년 2천여 명이 참석하여 화합하는 큰 축제를 마련하기도 했다. 지금도 일선에서 많은 회원들이 수많은 힘든 청소년에게 위로와 힘을 주는 멘토로서 맹활약을 하고 있으니 생각만 해도 흐뭇하다.

　누구나 태어남의 시기와 장소를 결정할 수 없다. 사람의 힘으로는 어쩔 수 없는 일이다. 그래서 그것을 운명이라고 한다. 내가 대한민국 대구에서 우리 부모님의 자식으로 태어난 것은 나의 선택이나 의지가 아니었다. 마찬가지로 모든 사람이 그러하다. 아프리카 가난한 나라에서 태어나든 혹은 북한에서 태어나든 그 태어난 아이는 그저 자신도 모르게 그곳에 태어난 잘못밖에 없는 것이다. 부잣집 귀한

도련님으로 태어나든 찢어지게 가난한 농부의 아들로 태어나든 마찬가지다. 이처럼 누구나 맨손으로 태어났지만 그 출발선은 공평하지 않다.

처음부터 열악한 환경에 처한 아이들은 출발부터 힘겨울 것이다. 그래서 누군가가 나서서 도와주지 않으면 안 된다. 어려운 환경에 있다 보면 탈선하는 아이도 있고 비행을 저지르는 아이도 있다. 세상은 그들에게 벌을 주기보다 보듬어 주고 바른 길로 인도하는 게 우선이어야 한다. 그것을 보완해주고 도와줘야 하는 것은 기성세대와 사회의 몫이다.

사회는 깊은 책임감을 갖고 그런 아이들이 운명에 짓눌리지 않도록, 상처받지 않도록, 기형적인 어른으로 자라나지 않도록 보살펴야 한다. 스스로 운명을 개척할 수 있는 당당한 어른으로 성장하도록 도와줘야 하고 교육되어져야 한다. 그런 면에서 BBS는 이 사회에 빛 같고 소금 같은 역할을 하는 단체다. 그것은 민간주도의 '자발적 봉사'여서 더욱 그러하다. 그런 데서 내가 20여 년을 몸담았다는 사실이 지금도 뿌듯하다.

　성경에는 이런 말이 있다.

　"오른손이 하는 일을 왼손이 모르게 하라."

　같은 사람의 몸에 있는 오른손과 왼손인데 어떻게 서로 모르게 할 수 있단 말인가? 좋은 일을 할 때는 그만큼 은밀하게, 표내지 말고, 자기 자신조차 자기가 행한 그 일을 잊어버릴 수 있어야 한다는 의미일 것이다. 그러나 점점 각박해지는 세상에 이런 나눔의 정신은 더 많이 알려져야 하고, 청소년에 대한 이런 순수한 봉사와 실천은 더 확대, 추진되어야 한다.

　어쩌면 누군가를 돕는다는 생각, 그것은 이미 잘못된 생각일 수도 있겠다. 생각해 보면, 누가 누구를 돕는단 말인가. 너와 나, 우리는 모두 지구라는 한 몸 안에, 한 시공간 안에 있는 오른손과 왼손이 아니던가. 그러므로 남을 돕는다는 것은 곧 나 스스로를 돕는 일이다. 우리는 다들 형제자매(Brother's and Sister's)들이 아닌가.

청소년은
우리의 미래다

　주택가 골목에서 남녀 학생들이 삼삼오오 떼를 지어 담배를 피우고, 서로 엉켜서 불량스런 행동을 하는 것을 보고도 아무도 나무라지 못하는 세상이 되어가고 있다.

　봉변이 두려워 못 본 척 고개를 돌리고 가는 동네 어른들의 모습을 보고 누가 무책임하다고 책망할 수 있겠는가?

　지금 우리나라가 처한 상황을 보면 혼란스럽기 짝이 없다. 위정자와 정치인들의 무책임한 언행과 이합집산, 내신

반영 비율을 놓고 불거진 대학 총장들과 교육 당국자들의 대립, 마치 전쟁이라도 난 듯 존경과 배려가 전혀 없는 비생산적인 강경 노조, 노동이 없는 부를 좇아 일확천금을 노리는 투기 세력 등 오늘 우리 사회의 정치·경제·사회·교육 모든 영역에서 아노미(anomie) 현상이 일어나고 있는 것은, 이 땅에 진정으로 국민을 위하는 신념 있는 정치 지도자가 없기 때문이다.

가장 큰 문제는 이 속에서 보고 자란 우리의 청소년이 앞으로 어떤 모습으로 성장할 것인가 하는 것이다. 나라의 장래를 짊어지고 나갈 우리의 청소년에게 애국심과 부모에 대한 효도나 남을 배려하는 마음과 사랑을 기대할 수 있을까?

오늘날 우리의 청소년들은 급속한 사회 환경의 변화에 따른 가치관의 혼돈과 물질만능의 사회 풍조로 인해 온갖 범죄의 유혹에 노출되어 있다. 우리 사회가 이들에게 적극적인 애정과 관심을 기울여주지 않는다면 비행 청소년의 증가로 어둡고 불안한 사회가 될 수밖에 없음을 깊이 인식

●

청소년의 문제는 어느 한 개인의 문제가 아니라
우리 사회 전체의 문제이다.
우리 모두가 지금이라도 청소년에게 눈을 돌려야 할 때이다.
국가와 지역 사회가 함께 노력해서
밝은 사회의 기틀을 마련해
청소년들이 올바른 가치관을 가지고
살아가도록 지도해야 할 것이다.

해야 한다.

이제 청소년의 문제는 어느 한 개인의 문제가 아니라 우리 사회 전체의 문제이다. 우리 모두가 지금이라도 청소년에게 눈을 돌려야 할 때이다. 국가와 지역 사회가 함께 노력해서 밝은 사회의 기틀을 마련해 청소년들이 올바른 가치관을 가지고 살아가도록 지도해야 할 것이다. 청소년 선도에 몸담고 있는 한 사람으로서 늘 한계를 느끼며 안타깝게 생각하고 있다.

'우애와 봉사'를 기본 이념으로 하는 한국 BBS대구연맹에서는 사랑의 교실을 운영해 문제 청소년에게 인성교육을 매월 실시하고 있다. 지금까지 1만 명이 넘는 학생과 자매결연을 해 돌보고 있지만, 이것은 빙산의 일각일 뿐이다.

정부는 더 늦기 전에 청소년 정책에 관심을 가져야 한다. 21세기의 우리 사회가 갖추어야 할 양식을 고려해 청소년의 건전 육성을 위한 방향 제시와 그들이 처한 환경과 고충을 이해하면서 청소년에게 용기와 희망을 심어줘야 할 것이다. 더 나아가 우리나라가 선진국으로 도약하는 데 갖추어야 할 덕목을 배양, 세계인과 어깨를 나란히 할 수 있는 문화 시민으로 키워내는 것 또한 이 나라의 지도자와 우리 어른들의 몫이다.

〈 毎 日 新 聞 독자마당 2007년 8월 6일〉

시간
부자

젊었을 적에는 왜 그렇게 무언가에 쫓기듯이 앞만 보고 달렸을까. 왜 그렇게 복잡한 일도 많았고 화나는 일도 많았을까. 내 나이 일흔을 넘기고 보니 그렇게 악착같이 살았던 지난 세월이 부질없게 느껴진다. 일을 놓아버리니 이렇게 후련하고 편안한 것을. 미리 알았더라면 좀 더 일찍 놓아버렸을 것을.

일을 놓으니 놀라운 것이 또 하나 있다. 내가 갑자기 시간 부자가 되어 있더란 사실이다. 마치 이 늙은이를 위해 신이 내려준 깜짝 선물 같았다. 일할 때는 늘 시간이 모자라 분 단위까지 쪼개가면서 살았는데, 일을 놓으니 아무리 써도 남아도는 시간이 내 앞에 펼쳐져 있었다. 시간 부자가 얼마나 좋은지 오랫동안 시간에 쫓겨본 사람들은 알 것이다.

처음엔 내게 주어진 이 넉넉한 시간을 어떻게 계획적이고 효율적으로 쓸까를 고민해 봤지만, 그건 시간 부자인 내가 더 이상 고민해야 할 일이 아니라는 것을 아는 데 그리 많은 시간이 필요치 않았다. 왜냐하면 더 이상 시간에 연연하지 않아도 되는 나는, 하고 싶지 않은 일은 안 해도 되는 시간과 하고 싶은 일은 얼마든지 해도 되는 시간이 무한정 있으니까 말이다. 태어나 처음으로 내가 비로소 자유를 얻었구나 싶었다.

젊었을 적에는 거의 대부분의 시간을 생존경쟁에서 살아남기 위해, 그리고 한 가정의 가장이라는 책무를 다하기 위해 썼다고 해도 과언이 아니다. 그러니 이제 이 선물 같은 시간을 오롯이 나만을 위해 쓴다고 해도 누가 나를 탓할 수 있으랴.

요즘 나는 시간을 계획하거나 분절하지 않고 언제든 마음껏 시간을 쓴다. 그렇다고 무절제하게 쓰지는 않는다. 내 기력과 건강이 허락하는 한도에서 즐겁게 그리고 감사하게 내 시간을 쓸 뿐이다. 한낮에 일부러 시내에 나가서 서점에 들른다거나, 책을 읽다가 좋은 글을 만나면 노트에 필사한다거나, 아내와 차를 마시면서 지나간 이야기를 두런두런 한다거나, 밤중에 일어나 일기를 쓴다거나, 해 질 무렵에 느닷없이 산책을 한다거나, 만나고 싶은 사람들을 불러내어 밥을 먹는다거나….

예전에 어떤 기업의 총수가 '세상은 넓고 할 일은 많다' 라는 얘기를 했다. 시간 부자가 되고 보니 나도 알겠더라. 시간은 많고 할 일도 참 많더라는 것을.

두어 해를 이렇게 살다 보니 내가 예전과 많이 달라진 것 같다. 좀처럼 화나는 일도 없고 못마땅한 일도 없다. 급한 일도 없고 꼭 해야만 하는 숙제 같은 일도 없다. 매사가 순리인 듯 보이고 마음이 여유롭다. 그리고 모든 게 감사하다는 생각이 든다. 지금까지 한결같은 마음으로 내 곁을 지켜준 아내가 고맙고 속 썩이는 일 없이 잘 자라서 독립해 준 자식들이 고맙다. 사업을 함께 키워준 직원들이 고맙고 힘들 때 격려해 준 친구들이 고맙다. 돌아보면 고마운 일뿐이다. 나를 낳고 키워주신 부모님이 고맙고 함께 어려운 시절을 견뎠던 형제들이 고맙다. 전쟁의 폐허에서도 이만큼 살게 된 우리나라가 고맙고 어디든 마음먹은 대로 갈 수 있는 편리한 문명이 고맙다. 지금의 나를 있게 해 준 이 세상 모든 것이 다 고맙고, 고맙다.

　요즘은 내가 살고 있는 우리 집이 참 고맙다는 생각이 든다. 달성군 자락이지만 수성구와 맞닿아 있는 이곳은 산과 숲으로 둘러싸여 있어 맑은 물과 맑은 공기가 지천이다. 새벽에 일어나 신천 둔치를 걸으면 머릿속부터 개운해진다. 물소리를 따라가다 보면 오리 가족들이 앞서거니 뒤서거니 헤엄을 치고 있다. 때로는 백로와 왜가리가 물가 바위에 날아와 앉기도 한다. 나를 둘러싼 모든 것이 어떨

●
시간에 연연하지 않아도 되는 나는,
하고 싶지 않은 일은 안 해도 되는 시간과
하고 싶은 일은 얼마든지 해도 되는 시간이
무한정 있으니까 말이다. 태어나 처음으로
내가 비로소 자유를 얻었구나 싶었다.

땐 숨 막힐 듯 아름다워서 걸음을 멈추기도 한다. 그리고
는 '행복하다, 나는 행복하다.' 라고 혼자서 중얼거린다.

　하지만 집 얘기를 하자면, 처음부터 이렇게 만족하지는
않았다. 이 집은 내가 선택해서 들어온 게 아니었으니까.
생각해 보니 어느덧 25년 전 일이다. 믿었던 사람에게 돈
을 빌려주었다가 변제용으로 받은 집이다. 그는 나와 10년
을 거래했던, 내가 신뢰한 사람이었다. 하지만 이 고급 빌
라를 짓다가 분양을 못해서 그만 풍비박산이 난 사람이다.
부도나기 직전, 그가 나에게 와서 빌라 한 채와 빌라 앞 땅
500평을 빌린 돈 대신으로 받아달라고 했다. 그것으로는
턱없이 부족했지만 힘든 그를 위해 그렇게 해 주었다.
　그런데 얼마 지나지 않아 내가 속았다는 걸 알았다. 등
기 이전을 하려고 보니 땅은 이미 다른 사람 명의로 바뀌
어 있었다. 그가 이중으로 그 땅을 팔아먹었던 것이다. 배
신감에 이를 악물면서 그를 수소문해 찾아갔던 변두리의
낡은 단칸방, 그는 아내와도 이혼하고 노모와 함께 살고

있었다. 친척들 성화에 견딜 수 없어서 내게 준 그 땅을 그렇게밖에 할 수 없었다며 그는 크고 선량한 눈을 소처럼 껌벅거리며 고개를 숙였다. 그렇게 많은 돈을 아무런 담보도 없이, 차용증 한 장 없이 선뜻 내주었던 것은 어쩌면 그 선량한 눈빛 때문이었는지도 모르겠다. 방안에는 소주병이 여기저기 뒹굴고 있었고 그는 충격에 넋이 나간 듯 보였다. 분노에 주먹을 부르르 떨며 찾아갔던 나는 손바닥으로 그의 등을 두어 번 쓸어내리고 말없이 돌아올 수밖에 없었다.

그 후 한동안 나는 재정적으로 그리고 심적으로 많이 힘들었다. 빌라 앞 그 땅을 볼 때마다 부글부글 끓어오르는 화를 삭여야만 했다. 하지만 세월이라는 약은 천천히 모든 것을 치유하고 해결해주었다. 마음속의 날카롭던 원망과 분노는 세월과 함께 조금씩 깎여나가더니 이제는 희미한 흔적만이 남았다. 그 사람도 자신의 사욕 때문에 그런 것이 아니었음을, 다만 나나 그이나 한때 운이 없어서 그런 일을 당했구나, 할 뿐이다.

소문을 들으니 그는 택시 운전을 하고 있다고 한다. 만약 우연히 그를 만나게 된다면, 고맙다는 말과 함께 따뜻한 국밥이라도 한 그릇 사주고 싶다. 맑은 공기와 사시사철 나무와 숲이 펼쳐내는 멋진 풍광은 애초에 돈으로 환산할 수 있는 게 아니니까.

어쨌거나 지금은 넉넉한 시간 부자인 나도 언젠가는 모든 시간을 반납하고 왔던 곳으로 돌아가야 한다. 그날이 그리 오래 남은 것 같지는 않다. 그래선지 나날이 더 분명해진다. 시간이야말로 이 세상에서 가장 귀한 것임을. 시간이 곧 생명임을. 그래서 시간을 어떻게 쓰는가 하는 문제는 곧 생명을 어떻게 쓰는가 하는 문제와 맞닿아 있음을. 그래서 나는 감히 이렇게 말한다. 우리가 어떤 사람인가를 알려면 우리가 시간을 어떻게 소비하는가를 보면 알게 된다고. 그런 면에서 나는 부끄럽다. 오랫동안 잘못 살아온 것 같아서다. 돈을 벌기 위해, 경쟁에서 살아남기 위해 나름 최선을 다해 살아왔다고 자부했는데 이제 보니 돈보다 더 귀한 시간을 압류당하면서, 생명을 억지로 갉아먹으면서 살아온 것 같아서이다. 하지만 이제라도 그것을 알 았으니 다행 아닌가.

아무렇거나 지금은 돈 부자보다 시간 부자인 내가 훨씬 더 좋다.

우리 집

집도 오래되면 정이 든다. 마치 오랫동안 내 곁에서 함께 늙어가는 아내처럼 익숙하고 편안하다. 그래서 고마워도 고마운 정을 잊고 사는 것이 우리 집이다. 이 집을 샀을 때의 행복한 기분은 아직도 잊을 수 없다. 신혼의 새색시를 집에 두고 온 새신랑처럼 회사에 나와 있어도 빨리 집에 가고 싶어 안달일 때도 있었다. 그랬는데, 이제 나도 늙었고 이 집도 어지간히 나이를 먹었다.

내가 이 집에 온 지도 어느덧 25년이 지났다. 수성구 변두리, 달성군 산자락에 접한 이 집은 엘리베이터가 없는 4층 복층 빌라이다. 요즘은 3층 건물에도 엘리베이터를 놓아 편리하지만 그 당시에는 고층 아파트 아닌 다음에야 거의 계단으로 다녀야 했다. 그리고 그때는 아파트나 공동주택은 대부분 엘리베이터가 없는 5층 건물이었다.

그 당시 이 빌라는 행정구역이 달성군이지만 수성구에 접해있고 시내에 인접한 전원주택이라 인기가 있었다. 그래선지 당시에는 대구에서 제일 높은 금액으로 분양이 되었다. 높은 분양가에 걸맞게 우리 빌라는 최고급 자재로 지어졌다. 건물 외벽과 담장을 고급 벽돌로 마감하였고 조경도 수준급이다. 산기슭에 어울리게 소나무 향나무 연산홍 목련 등 수많은 꽃나무들이 철 따라 꽃을 피운다. 여름에는 담장에 어우러진 무성한 장미 덩굴에서 퍼져 나온 장미꽃 향기가 얼마나 황홀한지, 꽃향기만으로 한 계절은 너끈히 행복하다. 빌라로 올라가는 계단은 하얀 화강석이 깔려 있고 폭이 넓어서 시원하다. 그뿐인가. 거실에는 벽난

로가 있어 장작불을 피워놓고 한겨울 눈 오는 창밖을 내다
보면 운치가 그만이다. 모든 문짝들은 원목의 무늬가 살아
있는 통나무이고 주방 기구와 타일은 죄다 물 건너온 값비
싼 자재로 지어져 있다.

아무리 예쁜 신부도 세월이 가면 수더분해지고 늙어버리
듯 우리 집도 이제 많이 낡았다. 예전엔 최고급 빌라였는
데 이제는 별로 인기가 없다. 집의 객관적인 가치 척도인
집값도 그리 비싸지 않다. 시대와 필요가 바뀌니 어쩔 수
없는 일일 것이다. 학군이 달성군이라 자녀를 둔 세대에서
는 인기가 없어서 수성구에 비해 가격이 많이 저렴하다.

그래도 나는 이 집이 좋다. 피붙이처럼 너무나 익숙하고
편안해서 다른 곳에 이사 가고 싶은 생각이 별로 없다. 뭣
보다 이웃들이 얼마나 좋은지 모른다. 앞집과 아랫집은
명절마다 선물을 주고받으며 초복에는 꼭 수박을 가져온
다. 특별한 반찬이나 국을 끓이면 서로들 꼭 나눠 먹는다.
오랫동안 같이 살아왔으니 대부분 친척처럼 친하게 지낸

다. 그리고 이 빌라는 세대수도 적어서 언제나 조용하고 쾌적하다.

주변 환경은 또 어떤가. 도심에서는 꿈도 꾸지 못하는 멋진 풍광이 집 사방으로 펼쳐져 있다. 새벽에 일어나 신천 둔치를 따라 산책하다 보면 마음이 저절로 상쾌해진다. 물 위에서 노니는 오리 가족과 바위에 한가로이 앉아 있는 백로도 가끔 만난다. 도시에 살면서도 이런 생생하게 살아 있는 자연과 함께 살 수 있다는 것은 천금으로도 살 수 없는 행복이요, 행운이라고 생각한다.

하지만 문제가 생겼다. 어쩌면 이 정든 집을 떠나야 할지도 모른다는 현실적인 문제가 닥친 것이다. 아내의 허리와 다리 건강이 점점 나빠지고 있는 것이다. 관절염이 심해지고 걷기가 불편해졌다. 시장에서 조그마한 물건을 사도 4층까지 걸어서 올라오기가 힘들다. 그래서 모든 물건은 배달을 시켜야만 한다. 좀 부피가 있고 무거운 것을 주문하면 배달원에게 미안해지기도 한다. 나 또한 젊을 땐 4층 정도는 뛰어서 올라가곤 했는데 언제부턴가 한 번은 쉬었다가 숨을 돌리고 올라간다. 컨디션이 좋을 때나 친구들과 산행을 하고 올 때는 아직도 쉬지 않고 곧장 올라가지만, 나이가 들수록 이것도 점점 힘들겠다는 생각은 한다.

그래서 아내와 자식들과 여러 차례 의논이 있었다. "너희 어머니 다리가 불편해서 이제 엘리베이터가 있는 집으로 이사 가야 할 것 같다."고. 자식들은 찬성이었고, 하루빨리 그렇게 해야 한다고 말했다. 하지만 의외로 아내가 반대하였다. 아내의 반대 이유는 다름 아닌 나 때문이었다. 남편인 내 건강을 위해서 이 집에 계속 살아야 한다는 것이었다.

"나야 다리가 불편해도 하루에 한두 번만 오르내리면 되지만, 운동이 부족한 당신은 그나마 4층 계단을 오르내리는 것도 운동이 되지 않겠어요? 공기 좋고 살기 좋은 이런 곳에 살아서 그나마 이만큼 당신이 건강을 유지하고 있는 거라고 생각하니, 다른 곳으로 이사하고 싶진 않네요."

유구무언. 나는 더 이상 할 말을 찾지 못했다. 나는 아내의 다리 때문에 이사를 해야 한다고 계속 우길 것이고, 아내는 내 건강을 위해서 이 집에서 더 살아야 한다고 우길게 뻔하니까. 한동안 우리는 팽팽하게 맞서서 접점을 찾지 못할 것 같다.

나를 위해서 자신의 불편함을 고집하는 아내가 너무 고맙고, 미안할 따름이다. 나는 당분간 이사 이야기를 꺼내지 않으려고 한다.

어쨌거나 이 정든 집을 떠나려면 나 또한 오랜 마음의 준비가 필요할 테니까.

진정한
의사

사람이 한 생애를 살아가면서 얼마나 많은 사람을 만날 수 있을까. 그중에는 부모와 형제, 아내와 자식, 친척과 친구라는 끊으려야 끊을 수 없는 인연들도 있지만, 어느 시절 문득 내 인생에서 나타났다가 사라져간 인연들은 또 얼마나 많을까. 그 중에서도 내게는 잊지 못할 고마운 사람이 한 분 있다.

내 큰자식이 초등 6학년 때 일이다. 감기 치료를 하기 위하여 매일 자식을 데리고 진골목의 유명병원 J소아과에 다녔다. 몇날 며칠을 치료해도 차도가 없었다. 급기야 등교도 하지 못하고 아이가 기운을 잃고 축 처져 버렸다. 나는 그날도 아이를 업고 병원을 찾았다.

"감기 치료를 계속하는데 왜 차도가 없습니까?" 하고 내가 물었더니, 그 J병원 원장은 "글쎄요…" 하면서 목구멍을 자세히 들여다보았다. 그러더니 목 안에 번지는 반점이 예사롭지 않다면서 당장 큰 병원에 데려가라고 하는 것이었다.

"예? 무슨 병인데요?"

내가 급하게 물었으나 그는 약간 당황하면서 대답을 주저하며 무조건 큰 병원에 데려가 보라고만 했다. 나는 이 병원만 믿고 아이들 출생 때부터 줄곧 모든 예방접종과 치료를 해 오고 있었는데 왠지 진료를 소홀히 한 것 같아 화나고 섭섭했다. 원장은 아이가 열이 나고 목이 아프니 그냥 감기로만 생각하고 치료를 가볍게 한 모양이었다.

나는 황망히 아픈 아이를 업고 택시를 잡느라 우왕좌왕
했다. 가까스로 택시를 잡아 평소 친밀한 동네 병원 원장
께 자문을 구했다. 그는 대봉동 제동소아과를 소개해 주었
다. 자기와 경북대의대 동기생으로 수석 졸업한 명석하고
훌륭한 의사라고 했다. 황급히 제동소아과에 도착하니 소
문대로 약 20여 명의 환자가 대기하고 있었다. 나는 점점
정신을 차리지 못하고 눈을 감고 있는 자식의 상황을 설명
하고 다른 환자의 양해를 구한 후 급히 원장실에서 진료를
하게 되었다.

원장은 아이의 열을 재고 입을 벌려 목구멍을 관찰하더
니 깜짝 놀라며 급성전염병 장질부사라고 했다. 그리고 간
호사에게 긴급 상황이라며 구급차를 부르라고 지시했다.
원장님은 진료실 밖에 대기한 환자들에게 위중한 환자가
발생하여 오늘은 휴진을 해야겠다고 설명한 후, 도착한 구
급차에 아이와 동승하여 경대병원에 도착했다.

일반 병실이 없어 특실에 입원했다. 원장은 아이의 옷을
벗기고 고열 상태인 아이에게 찬물을 뿌리며 해열을 위해

애를 썼다. 응급실 의사들도 본 대학 출신 유명한 선배 의사를 알아보고 적극적으로 협조하고 상의하며 치료를 했다.

지금은 잘 기억이 나지 않지만 아마도 그때 일주일 정도를 입원 치료했을 것이다. 그리고 퇴원을 하고도 몇 년에 걸쳐 제1종 법정 전염병이라며 보건소 의사가 방문해 관찰한 것이 기억이 난다.

나는 그 후 큰아이가 자라서 대학에 입학할 때까지 자주 초등학교 시절의 이야기를 하면서, "너는 생명의 은인 제동소아과 원장님을 잊으면 안 된다."고 당부하고 자주 찾아뵙게 했다.

이렇게 훌륭한 의사가 또 있을까. 이 밝은 세상에 자기 병원의 환자를 돌려보내고 위급한 한 아이를 구하기 위하여 헌신하는 진정한 의사를 나는 잊을 수가 없다.

최근에 불현듯 생각이 나서 병원을 찾았으나 그 병원은 여행사로 바뀌어 있었다. 대구시 의사회에 전화로 제동소아과 근황을 물어보았으나 그 소재를 모른다고 했다.

세월이 흘러 내 나이 팔십에 접어들어 내 삶을 돌아보니 그때의 너무나 헌신적이고 의로운 의사인 그 원장님이 다시금 떠오른다.

어디서든 건강하시고 행복하시길 빌어본다.

폭염과
효도

　나이 탓일까. 여름을 지내기가 점점 힘이 든다. 금년 여름은 더 그러하다. 폭염暴炎이라는 말이 괜히 생긴 게 아님을 요즘 더욱 실감한다. 만물을 살리는 태양과 고마운 햇살도 과하면 이렇게 폭력적일 수 있음을 표현하는 말 아닌가.

　그야말로 이글이글 타오르는 태양으로 인해 온 세상이 몸살을 앓고 있다. 한낮에는 아예 외출을 할 수 없다. 산천

의 초목들도 기운을 잃고 죄다 시들시들하다. 밤에도 열대
야가 계속되어 잠을 편히 잘 수가 없다. 갈수록 피로가 누
적되고 불쾌지수가 올라간다. 온전한 일상생활을 할 수 없
을 정도로 몸도 마음도 지쳐간다. 무슨 돌파구를 찾아야
되는데 답답하다.

사실 우리 집은 수성구 변두리에 접한 달성군 산자락에
위치하고 있어 시내보다는 기온이 이삼 도 정도 낮아 시원
한 편이다. 그래서 지금껏 여름에 에어컨을 켠 적이 드물
었다. 그런데 금년 여름은 오후 서너 시가 되면 너무 더워
서 도저히 견딜 수가 없다. 산에서 오는 바람이라도 들어
올까 싶어 창문을 열어놓으면 밖의 달궈진 공기가 집 안으
로 들어와 더 숨이 막힌다.

내 집은 25년을 산 집이니 모든 것이 고물이다. 지금 있
는 에어컨도 입주 때 구입한 것이니 물론 고물이 다 되었
다. '골드 스타'라는 지금은 사라진 상표인데, 아직도 성
능은 괜찮다. 그런데 소리가 요란하고 전력 소모가 많다.
무엇보다 요란스런 소리에 정신이 없다. 야간에는 실외기

소리가 시끄러워 이웃의 눈치를 봐야 한다. 이럴 줄 알았으면 미리 에어컨이라도 바꿔 달았을 텐데, 후회해 보지만 이미 늦었다. 요샌 성수기라 에어컨을 주문해도 언제 달아줄지 알 수 없단다. 아침부터 죄 없는 선풍기만 혹사시킨다.

혹독한 해병대 시절, 푹푹 찌는 더위 속에서 천자봉을 오르내리며 완전 무장으로 행군하던 군대 생활의 추억도 상기해보았다. 마치 이열치열하듯 힘든 시절을 떠올리면 이 더위도 견딜 수 있지 않을까 싶어서.

나는 1960년 8월, 군사혁명정부 시절에 입대했다. 해이한 군대 규율을 바로잡는다는 명분으로 엄격하고 혹독한 훈련을 시킬 때였다. 그때도 기온이 연일 30도가 넘는 삼복염천이 계속되었다. 그 땡볕 속에서 원산폭격, 포복 등의 극한 훈련을 3개월이나 받았다. 훈련이 끝나는 날은 완전무장으로 하루 100리 행군도 거뜬히 해냈다. 인간의 인내심을 시험하는 훈련이었다. 그 열악한 환경 속에서 무더위를 참고 극한 훈련도 이겨낸 내가, 지금은 편안한 내 집에서 이 정도의 더위도 이겨내지 못한다는 것은 너무나 배부른 이야기가 아닌가.

하지만 그것은 피 끓던 젊은 시절의 이야기다. 나는 지금 팔순이 가까워지는 노인 아닌가. 어제도 밤새 일어났다 누웠다를 반복하며 잠을 설치며 선풍기를 틀어댔다. 이대로는 도저히 여름을 날 수가 없을 것 같다.

"대구를 떠나서 시원한 곳으로 피서를 가면 어떨까?"

나는 마치 해결책을 발견한 듯이 아침 식사 준비를 하는 아내에게 그렇게 불쑥 말을 꺼냈다.

"이런 날씨에 집 떠나면 더 고생이에요."

아내는 돌아보지도 않고 대번에 그렇게 대답했다.

나 또한 말은 그렇게 했지만 그것이 불가한 일임을 모르지는 않았다. 부산, 동해안, 제주도 등 웬만한 곳은 모두 피서객으로 포화 상태일 텐데, 그곳에 갔다간 더 큰 고생을 할 것임을 알았다. 지금 기상 상황으로는 우리나라 전역이 다 폭염 지역이라 갈만한 곳이 없는 것 같았다. 그럼 해외로 가봐? 기껏 그런 생각을 해 봤지만 그것도 가능할 것 같지가 않다. 갑자기 준비 없이 해외로 떠날 수 없는 일이었다. 이것도 저것도 할 수 없는 상황. 그야말로 진퇴양난이었다.

그날 저녁, 나는 두 아들을 호출했다.

"너거는 늙은 부모가 이 더위에 어찌 지내는지 걱정조차 안 되더냐?"는 말로 서운함부터 털어놓았다. 이대론 정말 금년 여름나기가 힘들다고 볼멘소리도 했다.

그때서야 아차, 무심했다 싶었던지 자식들이 바삐 움직였다. 삼복에 에어컨 구하기가 여간 어려운 게 아니란 사실을 나도 알고 있었다. 아무튼 나의 볼멘소리가 효력은 있었던 모양이다. 바로 그 다음날, 25평형 무풍에어컨이 우리 집 거실에 설치된 것을 보면.

새로 나온 제품이라 소음도 없고 냉방, 제습, 청정 등이 조절되어 쾌적하기 그지없었다. 무풍기능이 있어 몸에 직접 닿는 찬바람이 아닌 은은한 자연스런 바람이 나와서 얼마나 잠이 잘 오던지. 드디어 아내도 나도 불면증에서 해

방되었다.

　지독한 날씨 덕분에 억지 효도를 받은 셈인가. 그러고 보면 금년 폭염이 나쁘지만은 않은 것 같다.

흉터

내 몸에는 큰 흉터가 하나 있다. 배꼽에서 아랫배 쪽으로 한 뼘이나 되는 큰 수술 자국이다. 몇 해 전, 우연히 건강 검진을 해 보았다가 복부 대동맥류가 발견되었다. 복부에 있는 대동맥의 몇 부분이 확장되어 있다는 의사의 진단이 나왔다. 평소 아무런 증상도 없었는데, 그대로 두면 위험하다는 것이었다. 부랴부랴 서울의 모 병원에서 재검을 하고, 우여곡절 끝에 아산병원에서 수술을 받기로 했다.

아침 8시, 걱정에 싸인 가족들을 뒤로하고 수술실에 도착했다. 나를 수술실 침상에 눕히고, 양팔에는 주렁주렁 호스들과 혈압기가 달리고, 긴장된 의사와 간호사들이 분주히 서성대고 있었다. 그리고 내 목숨을 의사에게 맡기고 전신마취를 하는 순간, 나는 눈을 감고 기도하는 일 말고는 아무것도 할 수 없었다. 갑자기 세상의 모든 것이 정지한 듯 느꼈다. 얼마나 기막힌 순간인가. 한 인간의 삶이 얼마나 나약하고 속절없는지 나는 느꼈다.

　마취에서 깨어나 걱정스레 나를 내려다보는 가족들의 얼굴을 보는 순간, 나는 다시 삶을 얻은 사람처럼 기쁨과 안도의 눈물을 흘렸다. 아내와 자식들은 하나같이 밤을 지새우며 나의 회복을 위해 간호를 해 주었다. 세 자식이 돌아가며 병실에서 잠자리를 함께 하면서 간호를 해 주었다. 가족의 사랑은 이러한 어려운 일을 겪었을 때 체험할 수 있나 보다. 퇴원을 하고 통원 치료를 할 때 집에서 멀다고 딸은 가까운 호텔에 방을 잡아주었고, 나는 호텔에서 일주일간 요양을 한 후 귀가했다. 어느덧 3년 전의 일이었다.

  나는 몸에 난 흉터 때문에 그 후 사람이 많은 대중탕을 가지 않게 되었다. 그 대신 아내와 함께 가까운 온천을 이용한다. 한 달에 한 번은 온천욕을 하고 난 뒤 가까이 있는 이발소에서 머리를 깎고 염색도 한다. 예전에 다니던 시내의 단골 이발소는 많은 직원들이 일사불란하게 움직이며 고급지고 친절한 서비스를 해 주었으나, 이곳 이발소는 손님이 적어 적적할 정도였다. 부부가 운영하는 이곳은 남편이 이발을 하면 아내가 염색과 면도를 해 준다. 너무 조용하고 호젓해서 마치 나만을 위해 존재하는 전용 이발소 같아서 날이 갈수록 새록새록 정감이 든다. 이제는 매사 복잡함 보다는 단순함이 좋고, 왁자지껄한 소음보다는 고요함이 좋다.

  어저께도 점심을 먹은 후 아내와 함께 온천에 갔다. 평일이어서 주차장이 조금 비어 있었다. 온천 입구의 광고판에 있는 '지하 1008미터 천연광천온천수!' 라는 글자가 눈길을 끈다. 온천탕 입구 표지판에 '거북이의 장수 비결' 에는 좋은 물, 느린 행동, 깊은 호흡, 마음의 여유, 이 네 가지가 장수의 비결이란다. 읽어보면 누구나 다 아는 것인데도 그게 결코 쉽게 가질 수 없다는 것에 누구나 동의할 것이다.

좋은 물은 찾아서 마실 수가 있지만 매사에 느리고 여유 있게 행동할 수 없기 때문이다. 따라서 깊은 호흡을 할 틈도 별로 없다. 언제나 마음의 여유를 갖고 느리게 살고 싶지만 끊임없이 변화하는 현실에서는 거의 불가능하다. 다시 말해, 누구나 다 건강하길 바라지만 실제로는 그렇지 않은 게 우리의 현실이라는 뜻이다. 그래서 굳이 표지판에 저렇게라도 써 놓았는지 모른다.

어저께는 사람들도 많지 않은 것 같아서 모처럼 대온천탕에 들어갔다. 예상대로 입욕객이 많지 않았다. 그런데 이 무슨 우연의 일치인가. 탕 속에 있는 네 사람이 모두가 나처럼 가슴과 복부에 흉터를 가지고 있었다. 묘한 느낌이 들었다. 하나같이 복부에 흉터를 새기고 있는 네 사람이 마침내 나란히 탕 안에 둘러앉았다.

머리가 하얗게 센 나보다 연상으로 보이는 영감은 유난히 몸피가 홀쭉했는데, 쭈글쭈글한 뱃가죽 위에 나 있는 흉터도 왠지 쪼그라져 보였다. 그리고 내 옆에 앉아 있는 이는 나와 비슷한 연배 같았는데 비대한 뱃살에 나 있는 흉터가 굵고 도드라져 보였다. 그는 얼굴에 연신 땀을 흘리고 있었다. 또 한 이는 40대의 젊은 사람이었는데, 그는 가슴 아랫부분에서 길게 일직선으로 난 흉터 자국이 붉고 선명했다. 수술한 지가 그래 오래 되어 보이지 않았다. 젊은 사람이 어쩌다가….

그의 얼굴을 일별하고는 온몸을 따스하게 감싸주는 온천수의 감촉에 노곤한 심신을 풀어놓았다. 그들도 따뜻한 온천수에 몸을 담그고 눈을 지그시 감고 있거나 물방울이 보석처럼 맺혀 있는 천정을 바라보고 있었다. 애써 외면하고 있는 것 같았지만 그들도 나처럼 이미 서로의 몸에 난 흉터를 훑어보았을 것이다.

동병상련이 이런 것인가. 나는 처음으로 나 아닌 타인의 흉터를 보면서 그들의 아픔을 짐작해낼 수 있었다. 그들의 고통은 나의 고통과 별반 다르지 않았을 것이다. 저들도 한때 세상이 끝날 것 같은 두려움에 떨며 수술대 위에 누워 있었으리라. 다시는 가족을 못 볼지 모른다는 공포가 바윗돌처럼 저 가슴을 눌렀으리라. 누군가에 의해 살이 갈라지고 무언가가 떼어졌으며 다시 꿰매졌으리라. 그리하여 다시 살아난 안도와 기쁨으로 마음이 벅차오르기도 했으리라.

이상하게도 나는 그들과 함께 있는 그 순간, 내 몸의 흉터가 하나도 부끄럽지 않았다. 입욕할 때마다 수건으로 가리던 흔적이었는데, 왠지 이제부터는 아무렇지 않게 내놓을 수 있을 것 같았다.

생生이 주어진 인간이라면 노병사老病死의 고통은 결코 피해가지 못하는 과정이며 당연한 자연自然임을 새삼 확인하게 되었다. 그러니 무엇이 두렵고 무서울 것인가.

늙음도 죽음도 자연의 이치이며 병듦도 그로 인한 몸의 고통과 흉터도 모두 자연의 과정이며 흔적인 것을.

제3부

내 아내

내
아내

—

억겁의 연이 닿아야 부부로 맺어진다는데,
이 귀하고 고운 인연이야말로
내게는 무엇보다 감사해야 할 홍복 아니겠는가.

동행

　우리 집에는 나와 함께 두 친구가 산다. 하나는 아내요. 또 하나는 관음죽이다. 아내는 세상에서 가장 마음 맞는 친구임을 이쯤 살아보니 저절로 알겠다. 눈빛만 봐도 손동작 하나만 봐도 그 마음을 서로가 안다. 그런데 관음죽이라는 일개 나무가 어찌 내 친구인가. 이 또한 내가 하루도 빠짐없이 나와 눈을 가장 많이 마주치는 녀석이기 때문이다. 나와 오랜 세월을 함께 해 준 유정물이기 때문이다.

아침에 눈을 뜨면 나는 먼저 베란다에 나가서 녀석을 만난다. 나뭇잎을 닦아주고 만지면서 너도 잘 잤느냐고 인사를 한다. 나처럼 제법 나이를 먹었을 녀석이다. 지금 살고 있는 집이 25년째이니 적어도 그보다 더 되었을 것이다. 그전에 살았던 청운맨션에서인가, 아니면 그보다 더 전에 살았던 집에서 키우기 시작했던 것일까. 이 녀석을 들여온 게 도대체 언제인지 기억이 가물가물하다.

사실 처음 이 관음죽을 키울 때는 공기정화 효과에도 좋지만 자생력이 우수하여 초보자가 키우기에 쉽다고 하여 선택하게 되었다. 아무튼 그동안 한 번도 비실거린 적 없이 건강하게 잘 자랐다.

나는 화원에서 받은 영양제와 주 1회 꾸준히 물을 주면서 정성을 기울였다. 우리 집에 와서 베란다에 있는 이 나무를 본 사람들은 다들 한마디씩 한다.

"어쩜 나무를 이렇게 잘 키웠어요?"

언젠가 내 생일날이었는데, 지인이 귀한 호접란을 보내왔다. 배달 온 꽃집 주인이 베란다에 있는 관음죽을 보더니 깜짝 놀라면서 이렇게 말했다.

"내가 꽃을 키운 지 수십 년 되지만 이렇게 멋진 관음죽은 처음 봅니다. 정말 훌륭하게 잘 키웠습니다. 사장님, 이 나무를 사모님 다음으로 귀하게 여겨야겠어요."

내 아내 다음으로 귀하게 여기라는 그의 말이 선뜻 내 귀에 꽂히더니, 그 후부터는 정말 이 나무가 왠지 더 귀하게 여겨지는 것이었다. 하지만 무지하고 무심한 나는 곁에 두고 좋아할 줄만 알았지 이 녀석에 대해서는 아무것도 몰랐다. 마치 늘 곁에 두고도 아내가 뭘 좋아하는지 모르고 무심했던 것처럼.

언젠가 베란다에 나와서 나무에 물을 주다가 수숫대처럼 지저분한 것이 여기저기 비어져 나와 있기에 나는 가위를 가지고 와서 싹둑싹둑 자르고 말았다. 나중에 그것이 관음죽의 꽃이라는 것을 알고 탄식하고 말았다. 찾아보니 관음죽은 거의 십여 년 만에 한 번씩 꽃을 피운다고 했다.

도대체 내가 무슨 짓을 한 것이냐.

미안하고 또 미안했다. 그 오랜 시간을 천천히 안간힘으로 밀어올린 꽃대였을 것이다. 내 무지함이 나무의 가장 빛나는 순간을 무참히 부숴버린 셈이었다. 미안한 마음에 나는 나무에 대해 더 관심을 가지게 되었다.

'관음죽은 열대관엽식물. 중국 남부가 원산지로 높이가 1~2m에 이르고 잎은 손바닥 모양으로 5 ~7 갈래로 갈라지고 갈라진 조각은 5~10cm 정도. 잎 모양은 광택이 나고 딱딱함⋯. 관음죽은 동양적인 멋을 지니고 있으며 공기 정화기 역할을 해주어 집안에 있으면 좋다고 함. 관음죽의 꽃은 행운을 의미하며 수형이 10년~15년 이상이 돼야 꽃을 피움. 관음죽은 오래 키우면 주인을 알아보는 명물이라고 함.'

검색해서 찾아본 관음죽 나무의 프로필은 대략 이런 것이다. 집 안의 오염물질과 미세먼지를 잡아주니 녀석도 나의 돌봄에 보답하고 있는 셈이다. 그 후 다시 한 번 꽃을

●

오늘 아침에도 베란다에는 햇빛이 쏟아지고
나무는 푸른 잎을 활짝 펼치고 있다.
인간인 나도 햇빛 에너지로 살고 있고
녀석도 햇빛을 먹이로 살아가고 있다.
인간과 나무.
각자의 생체와 순환은 다르지만
어쩌면 우리의 근원은 같은지도 모른다.

피웠는데, 꽃이 아름답지는 않았다. 하지만 그것은 인간의 시선이지 나무로 봐서 얼마나 귀한 보물이겠는가. 나는 나무의 노고에 칭찬하면서 이쁘지 않은 꽃도 귀하게 대접하였다.

아내도 이 나무를 귀하게 여긴다. 이 나무뿐 아니라 아내는 꽃과 나무를 다 좋아한다. 모든 목숨 있는 것들을 귀하게 여기는 사람이다. 관음죽이 햇살 속에서 푸른빛으로 빛나고 있을 때, 그 곁에 선 아내의 주름진 얼굴도 잠시 반짝일 때가 있다.

스물여섯에 시집와서 언제나 내 곁에서 말없이 든든하게 지켜주고 있는 저 얼굴. 나는 그 얼굴에서 조용한 평화와 기쁨을 느낀다. 내게 시집와서 힘들 때도 고통스러울 때도 많았을 것이다. 젊을 때 나는 아내에게 고생도 많이 시켰고 좋은 것은 늘 나만 했다.

오늘 아침에도 베란다에는 햇빛이 쏟아지고 나무는 푸른 잎을 활짝 펼치고 있다. 인간인 나도 햇빛 에너지로 살고 있고 녀석도 햇빛을 먹이로 살아가고 있다. 인간과 나무. 각자의 생체와 순환은 다르지만 어쩌면 우리의 근원은 같은지도 모른다.

그나저나 녀석의 집을 바꿔주어야 하는데 차일피일 미루고 있다. 저 도자기 화분은 그때도(아마 6년 전쯤) 가장 큰 사이즈로 분갈이를 한 것인데 지금은 나무에 비해 터무니없이 작아 보인다. 화분 위의 흙은 다 어디로 가 버렸는지 보이지도 않고 표면에는 굵고 단단한 뿌리들이 힘줄처럼 툭툭 불거져 있다. 며칠 전 가까운 꽃집 주인을 불러다 분갈이할 만한 그릇이 있는지를 물었더니, 그 주인은 이 정도 나무는 화분이 없고 방부목으로 집을 새로 짜 주어야 한다고 한다. 비용을 물었더니 18만 원이라는 거금이 필요하다고.

어떡할까. 조만간 녀석에게 쾌적하고 넓은 집을 선물해 줄까. 그리고 보니 허리와 다리가 아파서 4층 계단을 힘겹게 오르내려야 하는 이 집도 아내에게 맞지 않은데, 어떡할까. 아내에게 먼저 엘리베이터가 있는 새 집으로 바꿔주어야 하지 않을까. 내심 고민이다.

뒷모습

"저어기, 꽃집 앞에다 세워주세요."

황금동 어느 도로를 지날 때 아내가 갑자기 차를 세워달라고 했다. 아들 며느리와 오랜만에 만나서 점심을 먹고 오는 길이었다.

"어디 가려고?"

"갈 데가 있답니다."

"어디야? 거기까지 태워주지."

"아이구, 됐습니다. 그냥 여기 내려줘요."

아내는 차에서 내리며 내게 어서 가라는 손짓을 했다.

그러고 보니 오늘도 금요일이었다. 주일날 교회 가는 일 외에는 좀처럼 혼자 외출을 하지 않는 아내는 언제부터인지 금요일마다 외출을 하곤 했다. 어디 가느냐고 몇 번 물었으나 '그냥 볼일'이라고만 할 뿐 한 번도 행선지를 가르쳐주지 않았다. 나도 굳이 알려고 하지 않았다. '친구를 만나러 가거나 뭐 볼일이 있을 테지.'라고 막연히 생각했을 뿐이었다.

아내를 내려주고 집으로 가는 길, 집에 가도 딱히 할 일이 없었다. 수성못이 가까워지자 차가 밀리기 시작했다. '다리도 성치 않는 사람이….' 나는 차창을 내다보며 그렇게 중얼거렸다. 지난 주일에 집에 다니러 온 딸은 다리가 아파 불편해하는 제 엄마에게 이젠 더 이상 미루지 말고 수술을 받아야 한다고 호소 어린 설득을 하더니, "엄마, 이번엔 수술 받자. 꼭 나하고 약속해, 알았지?" 하면서 제 엄마의 승낙을 기어이 받아내고서야 돌아갔다.

아내의 무릎 통증은 오래 되었다. 처음엔 약을 먹거나 침을 맞으면서 버텨왔고 몇 년 전부터는 연골 주사를 맞으며 견뎌왔다. 이제는 한계에 이른 듯 주사의 효과도 미미해졌다. 나도 수술을 하자고 몇 번이나 권했으나 겁이 많은 아내는 한사코 수술을 미루었다.

수성못 오거리에서 나는 차를 되돌렸다. "대체 그 몸으로 어딜 가는 걸까." 불현듯 아내의 행선지가 궁금해진 것이다. 식사시간도 지난 이 어중간한 시간에 친구들 모임은 아닐 거라는 생각이 들었다. 그럼 어디에 가는 걸까. 아내를 못 만난다면 아까 아내를 내려준 도로에 차를 세우고 아내가 올 때까지 기다려보기로 했다. 그러나 그럴 필요가 없었다. 멀지 않은 곳에서 아내를 발견했던 것이다. 나는 차에서 내리지도 못하고 한동안 얼어붙어 버렸다. 너무나 어처구니없는 상황에 화가 나기는커녕 가슴이 철렁할 만큼 아내의 모습이 안쓰러웠다. 아내의 손에는 전단지 같은 종이 한 묶음이 들려 있었고, 지나는 사람에게 그것을 한 장씩 건네주고 있었다. 여든 살이나 먹은 노인네가 지금

뭣을 하고 있단 말인가. 사람들은 아내가 주는 종이를 받아서 한번 쓰윽 보고는 땅에 버리고 가거나 아예 받지 않으려고 손사래를 치면서 지나가기도 했다. 그래도 아내는 고개를 숙이며 일일이 종이를 나눠주고 있었다.

바람이 휘익 불어오자 가로수 잎들이 와르르 떨어지고 있었다. 아내는 아랑곳없이 제 할 일에 열중하고 있었다. 나는 차에서 내려 사람들이 버리고 간 전단지를 주웠다. 내 예상대로 그것은 교회의 전도지였다. 나는 그것을 천천히 접어서 호주머니에 넣었다. 아내를 부를 수도 없었고 말릴 수도 없었다. 그저 숙연한 마음으로 그 뒷모습을 가만히 지켜볼 뿐이었다.

스물일곱 살에 내게 시집온 아내는 기독교 모태 신앙을 가지고 있었다. 나는 종교나 믿음은 자유의 영역이라고 생각하고 있었으므로 전혀 개의치 않았다. 하지만 우리 집은 불교를 믿는 집안이었고 어머니는 집 안에 불상을 모셔놓을 정도로 강성한 믿음을 가지고 있었다. 신혼 시절 아내

●

나는 알고 있었다.
아이들이 아프거나 사업이 힘들어
내가 지칠 때면
아내는 밤새 간절하게 기도해주었다는 것을.
지금의 내가 있게 된 것도
아내의 조용한 내조와 인내
그리고 간절한 기도 덕분이었음을 안다.

의 손에 들려 있는 책이 성경책이라는 것을 발견한 어머니는 '예수 귀신'이 우리 집에 들어왔다며 불같이 화를 냈고, 아내가 가지고 있던 성경책을 모조리 아궁이 불에 집어넣었다. 아내는 말 한마디 없이 그 상황을 받아들였고, 그 이후 한 번도 교회에 가겠다거나 자신의 믿음에 관련된 말을 입 밖에 낸 적이 없었다.

아내는 그새 불편한 다리를 끌며 주택가로 들어서고 있었다. 담벼락을 지나고 대문이 나타날 때마다 종이를 하나씩 밀어 넣는 것이었다. 나는 아내에게 들킬세라 멀찍이 떨어져서 뒤따라갔다.

아내는 어머니가 돌아가시고 난 뒤에서야 성경책을 다시 읽었고 교회에 나가기 시작했다. 그동안 저토록 간절한 신앙의 열정을 어떻게 억누르고 살았을까. 아내는 나와 아이들에게 자신의 신앙을 권유하거나 강요한 적 없었고, 언제나 조용히 성경책을 읽거나 기도를 했고, 주일마다 빠뜨리지 않고 교회에 나갔다. 그러나 나는 알고 있었다. 아이들이 아프거나 사업이 힘들어 내가 지칠 때면 아내는 밤새 간절하게 기도해주었다는 것을. 지금의 내가 있게 된 것도 아내의 조용한 내조와 인내 그리고 간절한 기도 덕분이었음을 안다. 지금은 우리 아이들은 물론 조카들도 교회에 나간다. 아내의 영향력임은 두말할 나위가 없다.

드디어 주택가가 끝나고 아파트 단지 앞에 당도한 아내는 전도지를 가방에 넣고는 천천히 아파트 안으로 들어가는 것이었다. 나는 지켜보기로 했다. 하지만 아내는 금방 쫓겨 나왔다. 경비원인 듯한 남자가 아내 뒤에서 뭐라고 소리치고 있었다. 나는 얼른 건물 뒤로 숨었고, 아무것도 모르는 아내는 다시 대로 쪽으로 걸어가고 있었다. 절뚝이면서 걷는 아내 뒷모습을 나는 한동안 지켜보았다.

"여보, 이제부터 내가 당신의 발이 되어주지. 어디든 말해. 내가 같이 가 줄 테니."

아내보다 몇 발짝 먼저 대로변에 도착한 나는 우연히 만난 듯 놀라는 아내를 차에 태우고는 그렇게 말했다.

"그게 무슨 말씀이세요?"

느닷없이 나타난 남편도 그러하거니와 생전 그런 말을
하지 않던 사람이 왜 이러나 싶었는지 아내가 빤히 쳐다보
았다.

"이제부터 내가 당신이 하는 일은 뭐든 지지하고 도와주
겠다는 말이지. 그 경비원 녀석 다음에 내가 가서 붙잡아
혼을 내줄게."

나는 속으로 그렇게 말했을 뿐 끝내 아무 말도 하지 못
했다. 하지만 아내는 나의 속말을 알아들었을까?

나를 쳐다보는 아내의 볼이 아기의 볼처럼 붉어지고 있
었다.

내 아내
은희

    내 아내는 서울내기다. 서울에서 대구로 시집을 왔다고 동네 아낙네들이 그렇게 불렀다. 당시만 해도 주위에는 서울말 쓰는 사람들이 드물 때였다. 어릴 때 간혹 서울에서 전학을 온 아이들이 있었는데, 우리는 그 애들을 '서울내기 다마내기' 어쩌고 하면서 놀려 먹기도 했다.

    서울에서 온 아이들은 경상도 말과 확연히 다른 말투를 썼다. 부드럽고 매끄럽고 왠지 발끝이 오글거릴 만큼 상냥하게 들리는 말을. 아마도 투박하고 무뚝뚝한 경상도 사투리만 듣고 자라온 우리에게는 그 나긋나긋하고 리드미컬한 말투가 왠지 낯설었고, 어쩌면 그런 놀라운 말투를 구사하는 그들이 내심 부러워 더욱 놀려댔는지도 모르겠다.

아무튼 그때만 해도 우리 주위에는 표준말이나 서울말을 하는 사람을 보기 어려웠다. 그래선지 모르지만 서울내기인 아내는 칠 남매 막내인 나에게 시집오자마자 많은 형제와 일가친척과 이웃의 관심 대상이 되었다.

내 아내 은희는 1남 3녀 중 맏딸이다. 명문 서울사대부고를 졸업했지만 아버지가 일찍 돌아가셔서 진학을 포기하고 일찌감치 공무원이 되어 가계에 보탬이 되었다. 요샛말로, 동생들 공부시키기 위해 직업전선에 뛰어든 소녀 가장인 셈이었다. 덕분인지 모르지만 처남과 처제들은 다들 대학을 나와 성공한 사회인으로 잘 살고 있다.

내가 아내를 만날 당시 아내는 근무지를 따라 대구에 내려와 혼자 살고 있었다. 나는 지인의 집에 갔다가 그 집에서 자취를 하던 아내를 처음 만났다.

처음엔 그저 평범한 서울 아가씨라고 여겼다. 지인의 집에 자주 들락거렸던 나는 처음엔 그녀와 인사를 할 정도였지만 그게 반복되다 보니 가벼운 대화를 나눌 정도로 가까워졌다.

그녀는 눈에 띨 정도의 미인은 아니지만 말을 나눠볼수록 내게 믿음과 안정을 주었다. 무엇보다 성격이 온화하고 언행에 품위가 있었다. 크게 소리 내어 웃지도 않았지만 늘 밝고 상냥한 착한 처녀였다. 그녀에게 호감을 느끼게 된 나는 그녀와 사귀고 싶었다. 즉 결혼을 전제로 교제하고 싶어진 것이다. 처음에는 나를 경계하는 듯했으나 그 후 그녀를 향한 나의 진정성을 알게 된 그녀는 결국 나와의 결혼까지 결심하게 되었다. 형제 많은 가난한 집 막내 아들이었던 나를 믿고 결혼을 결심한 그녀가 정말 고마웠다.

결혼 허락을 받으러 장모님을 뵈러 갔을 때, 그분은 나를 별로 내켜하지 않으셨다. 무엇보다 믿음직스런 살림 밑

천인 맏딸을 멀리 지방 도시의 가난한 집에 시집보내고 싶어 하지 않으셨던 것이다. 장모님 마음을 이해할 수 있었다. 하지만 그녀와 결혼을 포기할 수는 없었다. 나와 딸의 마음이 확고하다는 걸 알게 된 장모님이 결국 허락을 하셨고, 시골 촌놈인 나는 마침내 참한 서울 아가씨와 결혼을 하게 되었다.

내남없이 가난했던 시절, 우리는 대구시 북구 칠성동 본가 근처인 신암동에 신접살림을 차렸다. 부엌에서 연탄가스를 마시면서 밥을 하고 고무장갑도 없이 찬물에 손빨래를 하던 시절이었다. 그때 나는 서울에서 직장을 다니다 둘째 형님이 도와달라고 해서 대구에 내려와 형님 공장을 돌보고 있었다. 형님은 전동기를 생산하는 공장을 하고 있었는데 그때 직원이 150여 명이 될 만큼 규모가 컸고, 대구에서 탄탄하게 자리 잡고 있었다. 모든 중요한 일을 떠맡은 나는 바빠서 신혼 생활의 낭만을 누릴 여유조차 없었다. 새벽에 나가서 밤중에 퇴근하는 날이 허다했다.

결혼 후 몇 달이나 지났을까. 아내는 아내대로 직장에 잘 나가고 있었는데, 어느 날 나는 아내에게 직장을 그만두라고 했다. 아내는 깜짝 놀랐다. 아내는 직장을 더 다니고 싶어 했다. 하지만 나는 안 된다고 말했다. 아내는 몇 년만 더 다니게 해 달라고, 같이 벌면 빨리 일어설 수 있지 않겠냐고 했지만 나는 결혼한 여자는 밖에 나가서 일을 하는 게 아니라고 하면서 고집을 부렸다. 내 말을 이해할 수 없었던 아내는 어쩔 수 없다는 듯 결국 사표를 냈다.

지금 생각하니 그때 아내는 얼마나 기가 막히고 답답했을까 싶다. 그 당시만 해도 대구 사람들은 대부분 폐쇄적이고 봉건적인 습속에 젖어 있었다. 여기서 태어나고 자랐던 나도 별 수 없는 가부장적 남편일 뿐이었다. 남자가 얼마나 못났으면 아내에게 나가 돈을 벌어 오도록 하는 것일까, 하는 것이 그 당시 나의 확고한 생각이었고, 대다수 대구 남자들의 생각이었다.

요즘 같으면 공무원인 배우자는 두 손 들어 환영할 일인 것을 그때는 아내의 돈벌이가 남편의 무능함과 수치로 여

아내는 늘 그 자리에 있는,
저녁이 되면 돌아가 쉬는 푸근한 집 같은 존재였을 뿐,
내가 아내에게 어떤 존재인가는
한 번도 염두에 둔 적이 없었다.
내 아내는
그런 나를 언제나 곁에서 묵묵히 지켜봐주고
기다려주던 사람이었다.

거지던 시절이었다. 요즘 젊은 세대는 거의 다 맞벌이를 원하고, 탄탄한 직장을 가진 신부가 최고의 조건이 되었는데 말이다. 불과 50년 전만 해도 우리는 그렇게 어리석고 비합리적으로 살았다. 나 또한 결혼한 여자는 집 밖에 나가면 안 되는 것인 줄만 알았던 구세대적 문화와 습속에 젖어 있었던 못나고 답답한 남편이었다.

지금껏 아내와 함께 살아오면서 아내에게 크고 작은 잘못을 여럿 해왔지만, 그 일이 가장 처음으로 그리고 가장 크게 잘못한 일임을 나는 그 후 깨닫게 되었다. 그리고 두고두고 후회하였다.

후회되는 일이 어디 그 뿐이겠는가. 스물일곱 살에 나만 믿고 시집온 아내는 많은 일을 겪었다. 나는 아내의 마음과 아픔을 헤아려주지 못했다. 성경책 사건도 그러하다. 아내가 가지고 온 성경책은 우리 집 식구들이 처음 보는 책이었다. 누가 그 책을 보고 그것을 어머니께 전해 주었는지는 모르지만, 어느 날 본가의 어머니가 시퍼런 얼굴로 우리 집에 들이닥쳤다. 그리고는 다짜고짜 그 예수 귀신

책을 내놔라는 것이었다. 어머니는 마귀의 책이라며 아내로부터 성경책을 뺏어서는 본가에 가서 부엌 아궁이에 넣어 불살랐다.

그때도 나는 어머니가 너무하신다 싶었지만 한마디 말도 하지 못했다. 어머니로부터 아내를, 아니 아내의 소중한 책 한 권조차 보호할 수도 없었던 무심하고 못난 남편일 뿐이었다. 아내는 그 후 그 일을 한 번도 입 밖에 꺼낸 적이 없었고, 어머니와 나를 원망한 적도 없었다. 교회에 나가고 싶다거나 자신의 종교 이야기를 꺼낸 적도 없었다.

그러고 보니 아내는 자신의 목소리를 낸 적이 한 번도 없었다. 아이들을 키우면서도 아내는 아이들에게 큰 소리를 치거나 역정이나 짜증을 내는 경우가 없었다. 항상 양보만 했지 자기주장을 내세우지 않았다.

한번은 이런 일이 있었다. 둘째가 중학교 3학년 때였는데, 오지랖이 넓은 둘째가 수학여행을 가서는 카메라로 반 친구들 사진을 엄청 많이 찍어왔고, 방천시장 입구 사진관에 현상을 맡긴 적이 있었다. 아들은 반 친구들에게 사진

값을 거두어야 사진을 찾아올 수 있었는데, 차일피일 늦어지니 사진관 주인이 화가 났다. 그래서 하교하는 아들을 붙잡아서 호통을 쳤다고 한다.

"너희 엄마한테 전화해서 돈 가지고 오라고 해!"

집에 전화를 하니 엄마가 시장을 갔는지 통화가 되지 않았다. 아들은 꼼짝없이 사진관 주인에게 붙잡혀 버렸다. 그러던 중에 마침 방천시장에서 장을 보고 오는 아내가 사진관을 지나오다가 아들을 발견하게 되었다.

"너 거기서 뭐하노?" 하며 반색을 하자 사진관 주인이 사진을 찾아가지 않아 붙들고 있다며, 사진 현상 값을 엄마가 대신 내라고 했단다. 아내의 지갑에는 장을 보느라 그만한 돈이 남아 있지 않았다. 그래서 집에 가서 아들 편으로 보내겠다고 했다. 그러나 어떻게 그 말을 믿을 수 있느냐고 하면서 주인은 아내의 말을 들은 척도 하지 않았다. 이제 아내와 아들이 사진 값 때문에 붙잡혀 버렸다. 그러다가 어쩔 수 없었던지 아내가 내게 전화를 했다. 회사에 있던 내가 부랴부랴 달려갔다. 자초지종을 알게 된 나는 기가 찼다. 그까짓 사진 값 때문에 아들과 엄마를 붙잡고 있었다니, 한동네에 살면서 이건 너무하지 않느냐고 사진관 주인에게 고래고래 소리치면서 화를 냈다.

아무튼 그때 일을 보아도 우리 아내의 성정이 어떤지 짐작할 것이다. 웬만한 부인 같으면 자기 아들이 사진 현상비 때문에 볼모로 붙잡혀 있는 것을 보면 화가 나서 대들었을 법도 한데, 나란히 자기까지 붙잡혀 있으면서도 사진관 주인에게 큰소리 한번 내지 않고 조용히 앉아 있던, 그토록 온순한 사람이 바로 내 아내다.

아내는 집안의 어려운 대소사를 도맡아 해내면서 한 번도 공을 내세우거나 자랑하지 않았다. 그래선지 집안에서 나보다 아내를 따르는 팬들이 더 많다. 조카와 질부들도 모두 아내의 말이라면 무조건 따른다. 하지만 정작 남편인 나는 아내에게 늘 무심했다. 일하느라 바빴다고 하지만 그것을 핑계일 뿐이었다. 나는 아내에게 정말 무심했었다. 아내의 노고도 짐작하지 못했고 속 깊은 아내의 덕성도 그때 내 눈에는 띄지 않았다. 아이들이 자랄 때 가족끼리 여행한 적도 없었고, 아내가 무엇을 좋아하는지 어디를 가고 싶은지 물은 적도 없었고, 알려고 한 적도 없었다. 아내는 늘 그 자리에 있는, 저녁이 되면 돌아가 쉬는 푸근한 집 같은 존재였을 뿐, 내가 아내에게 어떤 존재인가는 한 번도 염두에 둔 적이 없었다. 내 아내는 그런 나를 언제나 곁에서 묵묵히 지켜봐주고 기다려주던 사람이었다.

많은 세월이 지나 어머니가 72세로 세상을 떠나셨다. 어머니가 돌아가시자 아내는 어느 날부터 교회에 나가기 시작했다. 나는 말리지 않았다. 다만 아내가 교회에 나가고부터 한 가지 부자유스러운 부분이 있었는데, 명절이나 제사 때였다.

명절이 되면 집안에 어른인 나는 종손과 함께 차례를 지내고, 부모님과 큰형 내외의 기제사도 지내야 한다. 나는 집안의 어른으로서 제사를 주도해야 하는데, 교회에 다니고부터 아내는 나에게 차례 때나 제사 때 절을 하지 말라고 했다. 기독교에서 '나 외의 다른 신에게 절하지 말라.'

는 십계명이 있으니 지키기를 원했다. 그러나 그때마다 나는 이렇게 말했다. "이건 다른 신을 믿는 게 아니다. 자신의 부모님에게 인사를 하고 예를 올리는 것이니 어찌 죄를 짓는 것이냐"고. 그러면 아내는 아무 말도 못하고 차례나 제사가 시작되면 슬며시 자리를 비켜 방으로 들어가 버리곤 했다.

　가난한 시집살이와 가부장적인 가장 밑에서 늘 묵묵히 자신의 할 일만 하던 아내는 어머니가 돌아가시고 교회에 나가고부터 얼굴이 눈에 띄게 밝아졌다. 엄마가 교회에 나가자 아이들도 저절로 함께 교회에 나갔다. 나는 어느새 아내와 아이들이 주일에 나란히 교회에 나가는 모습이 보기 좋아지기 시작했다. 그러나 그때 바깥에서 늘 왕성하게 일을 하던 나는 주일이면 친구들과 어울리기 좋아했고, 밖으로 나다니기 좋아했지만 교회에 나가지는 않았다. 내가 인생의 중년기에 일에서 보람을 찾았다면, 아내는 교회에 다니면서 삶의 의미를 찾는 것 같았다. 언제나 조용히 성경을 읽거나 기도를 했고 주일에는 빠뜨리지 않고 교회에 나갔다.

이만큼 나이를 먹어서일까. 아니면 내가 늦게 철이 든 것일까. 언젠가부터 내가 아내에게 감화되고 있었다. 아내의 마음이 점점 더 많이 이해되었고 동시에 나는 양심의 가책을 느끼기 시작했다. 어쩌면 아내의 저토록 강한 믿음은 그동안 무심하고 냉정했던 이 못난 남편에 대한 서운함과 불만 때문은 아니었을까. 그래서 의지할 곳 없는 마음이 절대자인 신을 더욱 의지 삼고 싶었던 것이 아니었을까, 하는 생각이 들기도 했다. 이런 아내를 바라보면서 차츰 내 마음도 변해갔다. 나도 모르게 아내를 존중하고 내 안에서 아내를 귀히 여기는 마음이 우러나오고 있었던 것이다.

아내의 기도 덕분이었는지 모르지만 몇 년 전부터 나도 아내를 따라 교회에 나가기 시작했다. 주일이면 아내와 함께 목사의 설교를 듣고 나란히 집으로 돌아오곤 한다. 그리고 일요일이면 기독교 방송을 시청하기도 하고 틈틈이 성경책도 읽는다. 아직 믿음이 턱없이 부족하지만 식사 때와 기상과 취침 때는 빼놓지 않고 기도를 한다. 나는 자격도 없는 '나이롱 신자'라고 스스로 말은 하지만, 그래도 기도할 때마다 지나온 날의 과오를 마음으로 속죄하고 있다.

늘 조용하고 요조숙녀 같던 아내는 나이가 들수록 발언권이 세어지는 것 같다. 이제 집안의 주도권은 아내에게 있는 듯하다. 모든 중요한 결정은 아내가 오케이 해야 이루어진다. 딸의 결혼식 때도 그러했다. 딸이 교회에서 어떤 사람을 만나서 사귀었는데, 어느 날 내게 사윗감이라면서 그 젊은이를 데려왔다. 병원에서 레지던트 과정을 밟고 있는 수련의였는데, 준수해 보이는 청년이었다. 무엇보다 딸이 좋다고 하니 승낙하지 않을 수 없었다. 영덕이 고향인 사위의 집안도 대대로 기독교 집안이라고 했다. 그런데 딸이 목사님을 주례 선생으로 모시자고 했을 때 나는 반대

했다. 친구들이나 집안의 사람들이 거의 불교 쪽이라 결혼 식장에서 목사님이 주례를 하고 찬송가를 부르면 불편해 하지 않을까 하는 근심이 들어서였다. 그런데 며칠 후 모녀가 예고도 없이 갑자기 목사님을 집으로 모셔왔고, 아내가 나를 설득하기 시작했다.

"목사님이 이 두 사람 짝을 지어주셨으니 주례를 서 주시는 게 맞지 않겠어요? 더구나 그쪽도 믿는 집안이니 그렇게 해 줍시다."

나는 어쨌든 딸이 행복하게 잘 사는 게 중요하다고 생각 했으므로 주위의 많은 따가운 시선을 의식하면서도 아내의 뜻에 따르지 않을 수 없었다.

젊을 땐 사업을 하고 바깥일을 한다는 핑계로 좋은 것은 나만 먹고 좋은 구경도 나만 하고 다녔었다. 집사람은 그야말로 집만 지키는 사람처럼 집에서만 지냈다. 친구도 하나 없이 외롭게 오로지 기도만 하면서. 그것이 미안하고 또 미안해서 이제는 아내와 함께 여행을 자주 하려고 한다. 해마다 여름이면 연례행사처럼 청하 보경사 경내에 있는 연산파크텔을 예약해서 거기서 며칠 지내다가 온다. 고즈넉한 산사와 맑은 공기가 주는 평온함에 지친 심신이 힐링되는 느낌이다. 회갑 때와 칠순 때는 아내와 해외여행도 다녀왔다.

지난봄에는 갑자기 경주에 가고 싶었다. 그날 아내에게 느닷없이 경주에 가자고 했더니, 내 건강 상태가 안 좋아 보였던지 아내는 내 걱정부터 했다.

"당신이 운전을 할 수 있어야 가지, 조금만 운전해도 피곤하다는 사람이 거기까지 어떻게 운전하려고요."

아내의 걱정도 무리는 아니었다. 작년 여름 동해안을 다녀오면서 아내는 나 때문에 가슴이 철렁했을 것이다. 와촌 휴게소에 도착해서 쉬고 있는데 갑자기 어지럽고 속이 메스꺼워지기 시작했다. 도저히 운전을 할 수 없었다. 그래서 부랴부랴 청심환을 먹고 한 시간쯤 더 있다가 겨우 집에 왔다. 아내는 그 이후에 내가 장거리 운전하는 것을 말리고 있다.

"아직 경주 정도는 자신이 있어. 가서 하루만 쉬었다 옵시다."

아내는 마지못한 듯 따라나서면서 이렇게 말했다.

"그러면 휴게소마다 쉬었다 갑시다."

일기예보는 구름이 낄 것이라고 했지만 적당한 햇살과 적당한 구름이 어우러진 쾌적한 날씨였다. 카스테레오에서 흘러나오는 아름다운 가곡이 운치를 더해 주었다. 아내도 즐거운 표정이었다.

경주에 도착하자 우리는 점심시간까지 여유가 있어서 안압지 연꽃을 구경하러 갔다. 안압지 주차장 부근에 있는 연꽃 단지는 만개된 연꽃들이 지천이었다. 분홍 연꽃, 흰 연꽃이 어우러진 그곳에는 형형색색의 차림을 한 사람들도 연꽃 같았다.

우리는 안압지 경내를 거닐다가 '요석궁' 이라는 데서 점심식사를 하고 마침내 보문호에 있는 숙소에 도착했다. 짐을 풀고 샤워를 하고 아내와 나란히 보문호가 보이는 창가에 앉았다. 모처럼 호젓한 시간이었다.

"여보, 여기 오기를 잘 했죠?"

내가 아내에게 넌지시 말을 건네자, 아내는 이렇게 말했다.

"숙소도 깨끗하고 주위가 솔숲으로 둘러싸여 있어서 좋으네요. 당신 건강만 괜찮으면 앞으로 이런 곳에 자주 와요."

아내의 목소리가 유난히 경쾌하게 들렸다. 멀리 보문호를 낀 오솔길은 아름다웠고 고요한 호수에는 물오리들이 한가로이 노닐고 있었다. 예전에는 왜 몰랐을까, 아내가 기분이 좋으면 내 기분이 더 좋아진다는 것을.

몇 년 전부터 아내가 수중운동 아쿠아를 시작했다. 무릎 관절과 허리가 안 좋아서 수중에서 부력과 수압을 이용해 운동을 하면 도움이 될까 싶어서였다. 지금까지 나와 결혼해서 아내 스스로 한 선택은 교회가 첫 번째요, 이 아쿠아 운동이 두 번째가 아닌가 싶다. 선택은 드물지만 한번 선택한 것에 대한 끈기와 집중력은 대단하다. 아내가 운동을 시작하고부터는 성격마저 달라진 듯하다. 잘 웃고 말도 잘

한다. 매주 화·목·토 삼 일 나가는데, 운동 나가는 날은 더 밝다. 비슷한 연령대의 친구가 있어서 그런 것 같다. 지금은 그들과 운동 후 점심을 먹고 즐겁게 놀다가 저녁 무렵이 되어서야 귀가한다. 서울에서 학교를 졸업하고 왔으니 대구에는 친구가 하나도 없었는데, 운동도 하고 친구도 사귀고, 일주일에 세 번씩이나 친구들을 만나니 신나고 즐거운 모양이다. 항상 운동을 다녀오면 자랑거리가 많고 말이 많아졌다. 나도 그렇거니와 아들이나 딸도 엄마가 운동하기를 잘했다고들 한다. 아내가 즐거우니 나도 덩달아 즐겁다.

그러나 미루고 미루었지만 한계에 달했는지 아내가 무릎 수술에 동의했다. 이제 수술 날짜까지 받아놓았다.

오늘따라 아내의 컨디션이 더 좋지 않은 모양이다.

"옛날로 돌아갔으면 좋겠다."

무릎과 허리의 통증을 호소하면서 불쑥 내뱉는 말이다.

얼마나 아프면 그 고생스러웠던 옛날로 다 돌아가고 싶다고 할까, 현재의 고통이 얼마나 크면 과거의 고통마저 퇴색해버리는 것일까. 마음이 짠해서 할 말을 잊는다. 그저 혼자 속으로 이런 말을 되뇔 뿐이다.

"여보. 그동안 나 만나서 살아내느라 고생이 많았소. 그동안 나를 위해 살아줬으니 이제 남은 생은 내가 당신을 위해 살아야겠소. 이번에 수술하고 나서 건강해지면 우리 여행도 더 자주 가고 더 재미나게 살아봅시다 그려."

부부라는 것은 참 기이한 인연이다. 서로의 존재도 모른 채 살다가 어느 날 우연히 만나 사랑하고 결혼해서 모든 일을 함께 겪는 두 사람, 부부는 애증의 파노라마 속에서 모든 희로애락을 함께 겪고, 아이를 낳아 함께 양육하면서 수십 년을 함께 보낸다. 돌아보면 나도 반백 년 이상을 아내와 함께 보냈다. 억겁의 연이 닿아야 부부로 맺어진다는데, 이 귀하고 고운 인연이야말로 내게는 무엇보다 감사해야 할 홍복 아니겠는가.

많은 사람과 소통하고
더 넓은 세상과 공명하다

재주가 부족하고 늦게 시작한 글쓰기라 이 한 권의 책을
엮는 일도 내게는 무척 더디고 힘들었다. 돈 버는 일로 평
생 밖에서 사업만 하던 내가 언감생심 글을 써보리라 결심
한 것은 누가 봐도 '무모한 용기'라고 할 수 있을 것이다.

은퇴 후 인생 2막을 새롭게 시작해보고 싶었던 나는 앞
으로 '무엇을 할 것인가'를 오랫동안 노심초사하지 않을
수 없었는데, 읽을 줄만 알았지 글을 써본 적이 별로 없었
던 내가 늦은 나이에 어찌하여 글쓰기에 도전하게 되었는
지는 지금 생각해도 신기하다. 하긴 까마득한 대학 시절,
경제학도였던 나는 남다른 감성이 있었던지 책 읽기와 글

쓰기를 좋아했다.

  그 당시 나는 인천 소사의 누님 집에서 학교가 있는 서울까지 기차 통학을 했었다. 코스모스 씨앗을 받아 주머니에 넣고 다니며 기차의 차창 밖으로 꽃씨를 뿌리곤 했다. 휑한 철로변이 코스모스 일렁이는 꽃물결이 되는 것을 보고 싶어서였다. 교양과목인 작문 시간에 그 이야기를 써서 과제로 제출했더니 교수님이 직접 내 원고를 학생들 앞에서 읽어주시면서, "이 학생은 앞으로 글을 써도 되겠다."는 칭찬을 해 주셨다.

  그 짧은 칭찬의 말씀을 새겨들었던 나는, 그러나 사는 일에 골몰하느라 그것을 깡그리 잊고 지내다가 은퇴의 나이에 접어든 어느 날 불현듯 떠오르게 되었다.

  '그래. 글을 써 보자!'

  나는 원래 호기심이 많고 에너지가 넘치는 사람이었다. 하려고 마음먹으면 당장 실행에 옮겨야 직성이 풀리는 성격이다. 하지만 글이란 얼마나 긴 시간과 인내와 노력이 필요한가. 그리고 얼마나 많은 습작이 필요한 것인가. 나는 그것을 깨닫지 못하고 무모하게 시작부터 하고 말았다.

첫 시도는 내 첫사랑의 추억을 글로 옮기는 것이었다.

〈지례의 추억〉이라는 제목으로 매일신문 시니어 문학상에 당선된 그 글이다. 그런데, 처음 써본 글인데 단번에 술술 풀리면서 원고지 40매 정도가 몇 시간 만에 채워지는 것이었다. 나는 그것이 신기하고 좋아서 어느 날 우연한 자리에서 글을 쓴다는 어떤 젊은이에게 그것을 보여주었는데, 그는 "어르신, 글을 한번 써 보시죠."라고 대번에 권유하는 것이었다(〈거울을 보면서〉).

용기백배한 나는 그때부터 열에 들뜬 아이마냥 글쓰기에 빠져들었다. 서점을 다니고 책을 읽고 일기를 쓰면서 말과 말의 조합이 이렇게 재미있고 황홀한 일인 줄 그때서야 알았다.

나는 닥치는 대로 책을 읽고 글을 써내려갔다. 벗들과 함께하는 산행 이야기(〈산과 벗〉, 〈방심〉), 먼저 세상을 떠난 벗 이야기(〈봄날은 간다〉), 우리 집과 관음죽 이야기(〈우리 집〉, 〈동행〉), 내가 오랫동안 봉사해왔던

BBS 이야기(⟨석양을 바라보며⟩), 잊지 못할 사람 이야기
(⟨진정한 의사⟩), 아이들과 아내 이야기(⟨폭염과 효도⟩,
⟨내 아내 은희⟩, ⟨뒷모습⟩), 그리고 일상의 삶의 이야기
(⟨시간 부자⟩, ⟨흉터⟩) 등등.

써놓고 보니 거울처럼 내 삶이 글 속에 고스란히 투영되
어 있는 것 같아 쑥스럽다. 지나온 삶의 행간들이 죄다 후
회와 실수투성이다. 나 자신의 속내는 물론 가까운 사람들
의 마음과 세상의 풍속을 살필 겨를 없이 바쁘게만 살았던
탓이다. 누가 그랬던가, 삶은 실수에 기초한다고. 기초가
이토록 두껍고 튼튼하니 이젠 뭘 해도 잘 할 수 있지 않을
까?

　　매사 더 깊게 느끼며 더 많은 사람과 소통하고
　　더 넓은 세상과 공명하고 싶다.
　　지금도 내 심장은 힘차게 뛰고 있다.

이 책이 나오기까지 많은 분들이 도와주셨다. 내게 글쓰
기의 용기를 심어준 Cho 선생. 지례까지 동행하면서 사진

찍는 수고를 아끼지 않았던 목로, 내 글을 가장 먼저 읽어 주고 호평을 해 준 초전. 나를 늘 응원해 준 대구상고 31회 정겨운 벗들, 내 빈약한 문장 속에 들어와 준 수많은 사람들. 그리고 늘 나와 동행해 준 내 아내 은희.

모두에게 머리 숙여 감사드린다.